Bernhard Seuffert

Die Legende von der Pfalzgräfin Genovefa

Bernhard Seuffert

Die Legende von der Pfalzgräfin Genovefa

ISBN/EAN: 9783743358539

Hergestellt in Europa, USA, Kanada, Australien, Japan

Cover: Foto ©Andreas Hilbeck / pixelio.de

Manufactured and distributed by brebook publishing software
(www.brebook.com)

Bernhard Seuffert

Die Legende von der Pfalzgräfin Genovefa

DIE LEGENDE

VON DER

PFALZGRÄFIN GENOVEFA.

---◇◇◇---

HABILITATIONSSCHRIFT

DER PHILOSOPHISCHEN FAKULTÄT DER UNIVERSITÄT WÜRZBURG

VORGELEGT VON

DR. BERNHARD SEUFFERT.

WÜRZBURG.

DRUCK DER THEIN'SCHEN DRUCKEREI (STÜRTZ).

1877.

VORWORT.

H. bibliothekar dr. R. KOEHLER in Weimar hat mir für die vorliegende arbeit zahlreiche und höchst werthvolle litterarische nachweise zur Genovefalegende aufs freigebigste mitgetheilt, wofür ich ihm zu grossem danke verpflichtet bin. Die nicht ermüdende gefälligkeit des hiesigen h. oberbibliothekars dr. G. LAUBMANN machte mir die litteratur zugänglich, auch durch vermittlung auswärtiger bibliotheksschätze, besonders aus der k. hof- und staatsbibliothek zu München, deren direktor, h. prof. dr. K. v. HALM in liberalster weise die benützung ermöglichte. Ebenso gebührt manchen anderen, die mich freundlich unterstützten, bester dank.

Die ergebnisse meiner untersuchungen über die entstehung der legende trug ich am 27. februar der philologisch-historischen gesellschaft dahier vor (s. den sitzungsbericht Würzburger Ztg. 1877. Nr. 86) und unterbreitete am 9. märz die folgende abhandlung der philosophischen fakultät. Auf dem wege zur öffentlichkeit begegneten derselben h. F. Görres' erörterungen über die entstehungsgeschichte der Genovefasage; da Picks monatsschrift den aufsatz im april brachte, konnte ich denselben noch in den anmerkungen berühren. Dass unsere ansichten in manchen punkten, besonders über die entstehungszeit der legende, zusammentrafen, ist eine nicht zu verachtende gegenseitige stütze.

Da ich diese schrift durch die litterarische würdigung der kunstdichtungen über den Genovefastoff zu ergänzen im begriffe stehe, worauf ich das ganze werkchen dem buchhandel übergeben werde, so richte ich an alle leser dieser bogen die bitte um vervollständigung meiner litterarischen nachweise.

Würzburg. Ende april 1877.

B. S.

EINLEITUNG.

Als sich in der zweiten hälfte des achtzehnten jahrhunderts das schlagwort natur bahn brach, da ward es nicht allein die richtschnur für die schaffenden geister der zeit, sondern man begann auch der volksthümlichen bestehenden litteratur seine aufmerksamkeit zuzuwenden. Mit dem hinweis auf Herders bemühungen für das volkslied ist diese genügend gekennzeichnet. Und man kann sagen, was hier geschehen war, das übernahmen die romantiker als eine erbschaft, deren besitz sie freilich im vollen sinne des wortes sich auch erwarben.

Die einseitigkeit, mit der das verflossene jahrhundert das volkslied pflegte, war zwar gerechtfertigt, indem die zeugende kraft des volkes hier bedeutend mehr in den vordergrund tritt als bei einer andern klasse seines litterarischen eigenthums, bei den volksbüchern. Aber hat auch das volk an der erfindung des stoffes der volksbücher keinen antheil, so bleibt doch die auswahl aus dem überkommenen und zumeist auch die gestaltung desselben ein viel zu werthvoller zeuge für geschmack und sinn, um nicht beachtung zu verdienen.

Tieck erhob zuerst energisch die stimme für die volksbücher in seinem *Peter Lebrecht* 1795, ein jahr später in der *Schildbürgerchronik* und abermals 1798 in *Franz Sternbalds Wander-*

1

ungen. [1]) Er schätzte diese »schlecht gedruckten und ver-
achteten geschichten« in erfindung und form höher als die
»beliebten modebücher« und zweifelte nicht, dass jeder den
volksromanen den vorzug geben würde, dessen »geschmack
noch nicht ganz und gar zu grunde gegangen« sei.

Tiecks mahnruf blieb nicht vereinzelt. In den vorlesungen,
die A. W. Schlegel *über Literatur, Kunst und Geist des Zeit-
alters* [2]) hielt, da gesteht er mit offenbarer überschätzung
nur dem volke den besitz einer litteratur zu, und diese be-
stehe eben in den unscheinbaren büchelchen, deren aufschrift
Gedruckt in diesem Jahr schon andeute, dass sie nie veralten
könnten. Diese »uralten dichtungen und geschichten« würden
von der hand eines wahren dichters aufgefrischt, sofort in
ihrer ganzen herrlichkeit wieder hervortreten. [3]) So sprach
Schlegel im winter 1803/4.

Der wiederhall solcher stimmen war Görres' beschäf-
tigung mit den volksbüchern, deren erfolg niedergelegt ist
in seinem kleinen werke *Die teutschen Volksbücher, Nähere
Würdigung der schönen Historien-, Wetter- und Arzneybüch-
lein* 1807. Freilich hatten ihm nicht die »ungewöhnlichen
hilfsmittel zu gebothe« gestanden, um erschöpfend zu sein.
»Blos eine privatsammlung, die des herausgebers vom Wunder-
horn, hat ihm meist alles das geboten, was er in seiner
schrifft verarbeitet hat.« Aber der grundstein war damit
gelegt, auf dem Simrock rüstig fortbaute, und es bleibt
stets zu bedauern, dass ihn der tod seine sammlung nicht
mehr durch »einleitung, abhandlungen und erläuterungen« [4])
ergänzen liess.

---

[1]) Schrftn. XV, 21. IX, 8 f. XVI, 23, 26. vgl. XI, xli.

[2]) Europa II, 1, 1.

[3]) Man erinnere sich an Tiecks dichtungen auf grundlage von volksbüchern.

[4]) Simrock, Die deutsch. Volksbb. I, xiv.

Und als eines dieser bücher, die »leben ein unsterblich unverwüstlich leben«, die »weniger nicht als die ganze eigentliche masse des volkes in ihrem wirkungskreise« begreifen, nennt Görres [1]): *Eine schöne, anmuthige und lesenswürdige Historie von der unschuldig betrengten heiligen Pfalzgräfinn Genoveva, wie es ihr in Abwesenheit ihres herzlieben Ehegemahls ergangen.* »Unter allen den verschiedenen büchern dieser gattung, schliesst Görres seine romantische charakteristik ab, ist die Genoveva durchaus das geschlossenste und am meisten ausgerundete; stellenweise ganz vollendet, und in seiner anspruchslosen natürlichkeit unübertrefflich ausgeführt, im ganzen in einem rührend unschuldigen ton gehalten, kindlich, ungeschmückt, und in sich selbst beschattet und erdunkelnd in heiligem gefühl.« Eine begeisterte, doch nicht ungerechte würdigung. Dass freilich dies lob zumeist einem frommen mönche gilt und nicht dem volke, davon wird unten die rede sein. Aber ganz abgesehen von der form des volksbuches, schon der kern an sich ist anziehend, wie er in der einfachsten, ältesten fassung von Freher mitgetheilt ist [2]), deren grundzüge hier folgen.

Zu zeiten des erzbischofs Hildulf von Trier lebte pfalzgraf Siegfried mit seiner frommen gemahlin Genovefa, einer tochter des herzogs von Brabant, im Trierschen lande. Als Siegfried einen feldzug gegen die heiden [3]) unternehmen musste, da empfahl er die obhut seiner gattin seinem freunde Golo und der h. jungfrau Maria. Golo aber in liebe zu seiner gebieterin entflammt verfolgte sie mit ehebrecherischen anträgen, welche jedoch die pfalzgräfin mit unterstützung Marias

---

[1]) A. a. o. No. 46. S. 216.

[2]) Origines Palatinae II. Append. 18. Darnach Grimm, Deutsche Sagen II, 248 No. 538.

[3]) Passagium contra paganos. Du Cange sagt zu passagium: Ita porro nostri appellabant peregrinationes, atque adeo ipsas Hierosolymitanas et sacras expeditiones.

standhaft abwies. Als nun Siegfrieds rückkehr herannahte, beschloss Golo auf den rath eines alten weibes, seine sicherheit durch eine verleumdung Genovefas zu retten. Und in der that, der pfalzgraf schenkte seiner angabe, die gräfin habe von einem koche ein kind geboren, glauben und befahl mutter und söhnlein zu tödten. Die damit beauftragten diener aber empfanden mitleid mit den unschuldigen und liessen sie am leben gegen das versprechen, den wald, wohin sie zum tode geführt worden waren, nicht zu verlassen. Die von Golo bedungenen wahrzeichen des verübten mordes, zunge und augen, nahmen die diener von einem hunde. So verblieb Genovefa mit ihrem kinde, das von einer hirschkuh genährt wurde, einsam in der wildniss und fristete ihr kummervolles leben mit kräutern sechs jahre und drei monate hindurch.

Zu ende dieser zeit veranstaltete Siegfried ein grosses fest und führte seine gäste am tage vor epiphanie auf die jagd. Da kam er bei verfolgung der hirschkuh zur höhle Genovefas und erkannte aus ihren reden, an einer narbe und dem eheringe seine verstossene gattin. Voll freude zogen die wiedervereinigten nach hause, nachdem Siegfried auf den wunsch seiner gemahlin den bau einer kapelle gelobt hatte dort, wo sie so lange verweilt hatte. Golo aber wurde geviertheilt. In der Maria geweihten kapelle Frauenkirchen wurde Genovefa nach ihrem baldigen tode beigesetzt und es geschahen an ihrem grabe so viele wunder, dass der damalige papst ein ablassprivileg verlieh.

ENTSTEHUNG DER LEGENDE.

Die gründungsgeschichte der kapelle zu unserer lieben frau, eine Marienlegende, fand nicht nur in fromme herzen eingang. Zu einer zeit, wo die neigung der romantiker zum deutschen mittelalter eine deutsche philologie vorbereitete,

zu einer zeit, in der neben Tieck und Schlegel die brüder
Grimm standen, lag auch eine würdigung des sagengehaltes
solcher traditionen nahe und bei der Genovefalegende besonders nahe, da sich ihr novellistischer inhalt mit andern
sagen berührt und der name Siegfried auf die mythe hinweist.

So fand denn schon 1807 J. Grimm in seiner abhandlung *Von übereinstimmung der alten sagen* [1]) den zusammen-
hang der Genovefalegende mit all »den alten geschichten«,
worin »eine unschuldige königin, oder neugeborne kinder
der grausamkeit wilder diener anvertraut, und von diesen
in dem dunkelen wald ermordet werden sollen«; worin »aber
die mordknechte auf einmal gerührt werden, und weil sie
die befohlenen zeichen der that zurückbringen müssen, mit-
laufenden hündlein oder ziegen u. s. w. herz und zunge aus-
reiszen. beispiele, fährt Grimm fort, stehen in der Wilkinasage, im roman von Berta mit dem groszen fusz, im Tristan [2])
und im volksbuch von der Genoveva u. s. w.« Wenn Grimm
freilich an anderer stelle [3]) sagt: »bekanntlich hangen auch
Siegfried und seine vergessene erstgeliebte Brynhild mit einer
andern sage, an der man ebenfalls historische aufsätze gefunden hat, zusammen, mit der von Siegfried und Genofefa«,
so ist diese zweite aufstellung durchaus nicht in gleicher
weise richtig wie die erste und darf um so mehr verwundern, als sie mit »bekanntlich« eingeführt wird. Es lässt
sich auch kaum ein entfernter vergleich zwischen dem Siegfried, der seine erstgeliebte vergessen, und dem, der seine
frau verstossen, ziehen. Mit recht hat man sich an diese
äusserung Grimms nicht gehalten.

Dagegen setzt Leo die beobachtung in betreff des zu-
sammenhanges mit der Wilkinasage, den auch W. Grimm

---

[1]) Kl. Schrftn. IV, 11.

[2]) Gottfried v. Strssbg. 12717 ff.

[3]) In der besprechung von: Göttling, Ueber das geschichtliche im
Nibelungenliede 1814. Kl. Schrftn. IV, 91.

augenfällig nennt [1]), fort. .Er meint, dass Siegfrieds »name in der genovevensage an die stelle des namens Sigmunts« getreten sei [2]); das kind „Siegfried aber habe seinen namen an Sceáf abgetreten und diese veränderung, welche »offenbar durch eine verschmelzung mit der legende der heiligen Genoveva herbeigeführt worden« sei, habe die »ganze sceáfsage in die sagenreihe von den Volsungen hereingestoszen« [3]). Statt sich also mit J. Grimms hinweis auf das gleiche motiv einer in den wald verstossenen unschuldigen frau und ihrer rettung zu begnügen, stellt Leo die erzählungen von Genovefa und Siselia auf »denselben mythischen grund und boden«, obwohl auch er die differenz sieht, dass nur in der Genovefasage die mutter erhalten wird und dass derselben »der ganz mythische zug, dasz dasz kindlein in einem gefäsze von den meereswellen an fremde küsten geführt wird«, abgeht. Ja er kommt in seiner abhandlung über *Die altarische grundlage des Nibelungenliedes* [4]) zu der behauptung, die lücke der Wilkinasage über Siegfrieds geburt werde durch eine »ihrem kerne nach in der Genovefenlegende erhaltene sage« ausgefüllt.

Wurde auch diese ansicht von den nachfolgenden forschern nicht übernommen, so waren sie doch mit Leo von der einheit der Siselia- und Genovefasage überzeugt. So äussert Simrock [5]), beide sagen seien aus derselben quelle, dem deutschen volksgesang, geschöpft.

Von dieser einheit spricht von der Hagen nicht mehr; er findet nur eine sehr nahe verwandtschaft jener beiden

---

[1]) Die deutsche Heldensage 73.

[2]) Béówulf 1839. 25.

[3]) Béówulf 21.

[4]) Zs. f. deutsche Mythologie 1853. I. 126.

[5]) Rheinland 1847. 309. Simrock geht in der vergleichung so weit, dass er den von p. Cerisiers erfundenen traum Siegfrieds von einem drachen mit dem drachen des helden zusammenhält.

sagen mit der vorgeschichte der männlichen schwanensage. [1]) Wie auch Müllenhoff [2]) und Zacher [3]) die Genovefalegende mit der Thidreks- oder Wilkinasage vergleichen.

Mit dem ersten theil der schwanensage, die ja mit der Sceäfsage zusammenhängt [4]), hat schon vor von der Hagen Leo die Genovefalegende zusammengehalten, geht aber auch hier wieder zu weit, indem er »die genovevensage ausz dieser sage umbilden« lässt [5]), trotzdem er vier vollwichtige unterscheidungspunkte selbst verzeichnet, deren motive nicht aus der christlichen gestaltung der Genovefalegende allein erklärt werden können. Wenn es auch richtig ist, die beiden sagen in den von J. Grimm bezeichneten punkten allgemeiner ähnlichkeit neben einander zu halten, wie dies auch W. Müller [6]) und Zacher [7]) thun, so darf man doch kein abstammungsverhältniss entwickeln.

Diese gleichheit man kann sagen des novellenmotivs findet sich noch in einer ganzen reihe von sagen. So verweist Müllenhoff [8]) und nach ihm Zacher [9]) auf die geschichte von könig Offa, welche an die romane der geduldigen Helena, der königstochter von Frankreich, Mai und Beaflor, das märchen vom mädchen ohne hände [10]) anklingt [11]), und diese

---

[1]) Die Schwanensage. Abh. d. Akad. d. W. zu Berlin 1846. 365.

[2]) Haupts Zs. VI, 457.

[3]) Die Historie von der Pfalzgräfin Genovefa 1860. 30.

[4]) Grimm, Myth.³, 343. Simrock, Myth.⁴, 292.

[5]) Beówulf 26.

[6]) Die Sage vom Schwanritter. German. 1856. I, 437.

[7]) A. a. o. 31. vgl. Haupt und Hoffmann, Altdeutsche Blätter 1836. I, 128. Histoire littéraire de la France XXII, 391.

[8]) Sagen, Märchen und Lieder aus Schleswig-Holstein 1845. 591.

[9]) A. a. o. 34.

[10]) Grimm, Kind.- u. H.-März. Anh. XXIII.

[11]) Des Bühelers Königstochter von Frankreich hg. v. Merzdorf 8.

stoffe berühren sich weiterhin mit der erzählung von des Reussenkönigs tochter [1]), Hirlanda, Crescentia, Florentia, Euryanthe, Sibilia (= die königin von Frankreich und der ungetreue marschall), Osanna, Bertha, Hildegard, Griseldis (= markgraf Walther), Oktavian, Melusina, Magelona, St. Barbara [2]): ein sagenkreis, der sich wohl noch erweitern liesse [3]). Wer wollte alle diese sich hier und dort berührenden punkte mit der mythenwelt zusammenbringen? Was liegt hier anderes vor als das novellenmotiv einer unschuldig leidenden gattin? Wie verschieden wird sie verleumdet! entweder verfolgt sie eine böse schwiegermutter oder der abgewiesene buhle; man bezichtet sie des frevels an fremden kindern, der unzucht mit ungethümen, hunden, zwergen, woraus dann ungeheuerliche geburten entstehen, oder des ehebruchs überhaupt.

Nichtsdestoweniger wurde stets wieder ein mythischer hintergrund in der Genovefalegende gesucht, wie Müllenhoff [4]), Simrock [5]) und Zacher [6]) sie mit der Wolfdietrichsage in verbindung setzen. Den abschluss dieser deutungen gibt Zacher, indem er Siegfried mit Wuotan, Genovefa mit Frouwa identificiert [7]). Er erinnert an das verhältniss zwischen Odhin, Mitodhin (in zweiter fassung Ullr) und Freyja, wie es Saxo Grammaticus erzählt. Doch lebt hier die göttin mit einem

---

[1]) Pfeiffer, Mai und Beaflor IX. Dicht. d. d. Mittelalters VII.

[2]) Vgl. von der Hagen, Abh. d. Akad. d. W. zu Berlin 1846. 565. Ges. Abenteuer I, LII, CXII. III, CLIV. Massmann, Kaiserchronik III, 893 ff. Grässe, Literärgesch. II², I, 281 ff.

[3]) Vgl. z. b. Allerlei — Rauh. Grimm, Kind. — u. H. — Märch. 308. Die getreue frau. Zs. f. d. Myth. II, 382. Das märchen vom goldenen spinnrad. Ebenda 443.

[4]) Haupts Zs. VI, 457.

[5]) Rheinland 308.

[6]) A. a. o. 35.

[7]) Ersch und Gruber, Encykl. 1854 unter Genoveva. Die Historie v. d. Pflzgrf. Gen. 47.

zweiten gatten zusammen und bewahrt nicht ihre treue für
den entfernten gemahl, noch lebt sie im unglück, noch ist
sie verleumdet wie Genovefa: und dies sind doch die wesentlichen züge der Genovefalegende. Trotzdem nimmt Simrock[1])
diese deutung Zachers an[2]), obwohl auch Zingerle meint[3]),
dass »die identität des mythus mit der legende nicht bestimmt
genug« nachgewiesen sei.

Während so die namhaftesten gelehrten sich in mythischen
muthmassungen über die legende ergingen, betraten andere die
objektivere bahn, das historische in derselben zu erforschen.

In diesem sinne beschäftigte sich wohl zuerst Jos. Burgholzer, »k. b. Reichsarchivs-Conservatorii Oberregistrator« mit
der legende. Der erste theil seiner mit wunderlichem fleisse und
in eben solcher sprache verfassten schrift[4]) gibt eine deutsche
übersetzung der alten lateinischen sage. Der zweite hat die
überschrift: »Die pfalzgräfliche Genovefa in ihrem, mittels
zusätzen, fortgesetzten vergleiche mit der so verschiedenen
litterarischen aus der mittelzeit bis in die neuere.« Diese
untersuchung der verschiedenheit der lateinischen legende
und des deutschen volksbuches war sehr wohl am platze,
wenn freilich hier nicht sehr erfolgreich, da Burgholzer die
mittelglieder beider gestaltungen verborgen blieben. Er erkennt,
dass die Marienlegende wohl erst im fünfzehnten jahrhundert
zum vorschein trete, glaubt aber vor ihre lateinische abfass-

---

[1]) Myth.⁴, 301.

[2]) Hocker verknüpfte 1853 in seinem aufsatz „Frouwa und der
schwan" Zs. f. d. Myth. I, 309 Genovefa mit Frouwa, indem er den ring,
den die pfalzgräfin beim gang in den wald ins wasser wirft, für den
schwanring erklärte. Er wusste nicht, dass diese ringgeschichte der alten
legende fehlt und erst von Cerisiers eingeflochten ist.

[3]) German. VI, 249. vgl. Wegeler, Annal. d. hist. Vereins f. d.
Niederrhein IX. X, 283.

[4]) Genefe (Genovefa) die pfalzgräfliche, noch ein Denkmal der alten,
bereits christlichen, Deutschen, in ihrem (Jahrhunderte erkannten, aber
litterarisch verkannten) Volksbuche. München 1824.

ung eine französische aufzeichnung setzen zu dürfen. An der mitte des achten jahrhunderts als lebenszeit der Genovefa hält Burgholzer fest, versetzt aber den zweiten stifter von Laach, pfalzgraf Siegfried ebendahin. Der dritte theil der schrift hebt den unterschied zwischen der am 2. april verstorbenen pfalzgräfin und herzogstochter von Brabant, welche nicht kanonisiert ist, und der heiligen jungfrau Genovefa hervor, der schutzpatronin von Paris, welche die kirche am 3. januar feiert; sie soll zu zeiten Attilas gelebt haben und ward in der kirche St. Denys in Paris, heute im Pantheon verehrt.

Mit viel schärferer kritik bespricht Hansen die legende [1]). Er betont, worauf schon Hontheim [2]) hingewiesen hatte, dass die geschichte mit dem zeitalter Hildulfs nicht zusammenstimme. Ihm ist die legende »ein roman, dem höchstens auf eine entfernte weise etwas geschichtliches zum grunde liegen« möchte. Wenn er die örtlichkeit, das grabmal, die kirche untersucht, nirgends kommt er mit der legende ins reine und möchte schliesslich »gerne vermuthen, diese legende habe einen mönchen des Laacher klosters zum verfasser.«

Wegeler in seiner geschichte des klosters Laach hält die annahme nicht für unbegründet, dass die Genovefalegende auf historischem hintergrunde beruhe, doch ohne sich hier weiter auszulassen [3]). Und wiederum in seiner besprechung von Zachers *Historie* äussert er vorsichtig genug [4]), dass »die hübsche, moralische erzählung möglicherweise auf irgend einem, wenn auch noch so entfernten historischen hintergrunde ruhe.«

---

[1]) Das Schloss zu Mayen. Chronik der Diözese Trier. Okt. 1828. 610.
[2]) Hist. Trev. I, 26.
[3]) Das Kloster Laach 1854. 135.
[4]) Annal. d. hist. Vereins f. d. Niederrhein IX. X, 283.

Darnach gab pfarrer Sauerborn eine *Geschichte der Pfalzgräfin Genovefa und der Kapelle Frauenkirchen* [1]) heraus, in welcher er die sammlungen und lateinischen aufzeichnungen des letzten abtes von Laach Thomas Kupp [2]) deutsch veröffentlicht nebst einigen erweiterungen seiner hand. Kupp hinwiederum fusste auf einer *Diatriba de S. Genovefa* seines ordensgenossen, des p. lectors Gerardus Gussenhoven [3]), der seine schrift hauptsächlich gegen die verdächtigung der legende durch Brouwer [4]) gerichtet hatte. Die bei Sauerborn vorliegende »kritische« geschichte der Genovefa ist bei dem unerschütterlichen eifer der verfasser, die historische echtheit der legende zu erweisen, der auch Strambergs darlegung werthlos macht, nichts weiter als eine reichliche materialsammlung. Wer kann beweisen glauben schenken, wie dem, dass Genovefa Karl Martells tochter sei [5])! um ein beispiel herauszuheben. Dann folgt als zweiter theil das lateinische original der legende mit deutscher übersetzung [6]) und zahlreichen noten. Der dritte theil endlich ist werthvoll durch die zusammenstellung der urkunden über die kapelle Frauenkirchen.

---

[1]) Regensburg 1856.

[2]) Dissertatio in vitam Palatino-Genoveficam. Hansen a. a. o. 611 und Sauerborn a. a. o. VI halten Kupp für den verf. dieser schrift, während Wegeler a. a. o. 107 und Annal. d. hist. Vereins f. d. Niederrhein IX. X, 284 wenn auch nicht die autorschaft so doch bestreitet, dass die abhandlung von Kupps hand geschrieben sei.

[3]) Diatriba de S. Genovefa in Frauenkirchen, Archidioeceseos Trevirensis sive de rebus variis ad dilucidanda ejusdem acta facientibus. Die hs. befindet sich im staatsarchive zu Koblenz.

[4]) Annal. Trev. II, 61.

[5]) Davon konnte sich auch Hansen nicht überzeugen. A. a. o. 613.

[6]) Zur charakteristik der übersetzung, bei der auch unrichtigkeiten mit unterlaufen, vgl. 67 note 1: „Der geneigte leser wird mir die unterlassung der wörtlichen übersetzung der worte: ut vobiscum possim condormire, gewiss, als aus zarter rücksicht geboten, nicht verübeln. Diess möge auch noch für andere stellen gelten."

Auch Zacher in seinen mehrfach erwähnten untersuchungen über Genovefa beachtete das historische und stellte
zuerst unumstösslich klar, dass Siegfried und Genovefa keine
rein geschichtlichen personen sind. [1])

Denn die in der legende vorliegende zeitbestimmung
»temporibus beati Hildulfi« ist nichtig, weil dieser Trierer
erzbischof sicher nicht gelebt hat [2]). Hält man aber die zeit
fest, in welche die fälschung ihn setzte, so kommt man auf
das ende des siebenten jahrhunderts [3]), so dass also die früher
gewöhnliche annahme des achten jahrhunderts durchaus falsch
ist. Nun ist zwar 710 ein pfalzgraf Siegfried zweimal urkundlich belegt [4]), aber über seine lebensgeschichte, eine ehe
desselben gar nichts bekannt. Spätere bearbeiter der legende
liessen ihn an den kriegen Karl Martells gegen Abderrhaman
theil nehmen, welchen feldzug man in der that für das
»passagium contra paganos« zu nehmen durch die beiläufige
zeitbestimmung »temporibus beati Hildulfi« gebunden war,
sowie man ein historisches ereigniss suchte [5]).

---

[1]) Ersch und Gruber 220 f. Die Historie von der Pfalzgräfin Genovefa 25. vgl. Franz Görres, Kritische Erörterungen über die Entstehungsgeschichte der Genovefa-Sage. Monatsschrift f. rhein.-westfäl. Geschichts-
forschung u. Alterthumskunde hg. v. Pick. 1876. II, 531 ff. ·

[2]) Rettberg, Kirchengesch. I, 467. vgl. Görres a. a. o. 557 f.

[3]) Friedrich, Kirchengesch. II, 205.

[4]) Diplomata chartae etc. prius collecta a VV. CC. de Brequigny et
La Porte du Theil. nunc aucta ed. J. M. Pardessus. Paris 1849. II, 285 f.

[5]) Görres a. a. o. 559 verwirft mit unrecht diese auslegung des passagium contra paganos; der schreiber der legende verlegt eben durch
den hinweis auf Hildulf seine erzählung in jene zeit, ohne an eine be-
stimmte unternehmung zu denken, ohne überhaupt der geschichtlichen
lage unter jenem bischofe rechnung zu tragen, ja ohne sich von dessen
regierungsjahren eine genaue vorstellung zu machen. Er schreibt in der
anschauungsweise des späteren mittelalters, was Görres a. a. o. 561 ff.
trefflich durch seine interpretation des passagium als kreuzuges gegen die
Saracenen erweist und eben so auch durch die sehr richtige beobachtung
a. a. o. 564 f., dass zur zeit Karl Martells das ritter- und feudalwesen
noch nicht so ausgebildet war, als es in der legende erscheint.

Ebenso wenig wie dieser Siegfried als historischer held der legende zu erweisen ist[1]), kann der pfalzgraf Siegfried von Ballenstädt, der zweite gründer Laachs und als stiefsohn erbe und nachfolger Heinrichs II. von Laach um die scheide des elften und zwölften jahrhunderts dafür angesehen werden, obwohl er einen kreuzzug unternommen haben soll[2]). Seine gemahlin Gertrud starb viele jahre nach ihm.

Versagen so die zeitangaben und die personennamen jede sichere auskunft[3]), so findet sich vielleicht ein anhaltspunkt in der beleuchtung des lokals der legende.

Die lateinischen handschriften der legende geben dieselbe als gründungsgeschichte der kapelle in Frauenkirchen[4]), capella beatae Mariae virginis, die jetzt noch besteht. Sie liegt auf dem Maifelde zwischen Ochtendung und Niedermendig, eine starke stunde vom kloster Laach entfernt. Theile ihres jetzigen baues — diese können jedoch schon ein neubau sein — gehören dem zwölften[5]) oder wahrscheinlicher dem dreizehnten jahrhundert[6]) an. Wegeler[7]) und Sauerborn[8]) sprechen von einer einweihung der kapelle durch den erzbischof Hillin 1256, vermuthlich weil Brouwer die legende zu diesem jahre erzählt[9]). Doch auch dieser gibt keinen urkundlichen beleg und schwankt: im index notiert er das

---

1) Vgl. Görres a. a. o. 568.
2) Vgl. Görres a. a. o. 555 f.
3) Vgl. Görres a. a. o. 565 ff.
4) Wegeler und Hansen schreiben Fraukirche.
5) Sulp. Boisserée, Denkmale der Baukunst am Niederrhein 12. Wegeler a. a. o. 135 und Annal. d. hist. Vereins f. d. Niederrhein IX. X, 283.
6) Hansen a. a. o. 620. Zacher, Historie 24. Sauerborn a. a. o. 153 nimmt an, dass ein im 12. jhrh. erfolgter neubau der kapelle im 14. oder 13. jhrh. renoviert worden sei.
7) A. a. o. 135.
8) Annal. Trev. II, 61.
9) A. a. o. 153.

jahr 1257 [1]). Es entstand dieser irrthum wohl aus einer verwechslung von Frauenkirchen mit der klosterkirche zu Laach, welche in jenem jahre von Hillin eingeweiht wurde [2]).

Die kapelle selbst trägt kein zeichen eines Genovefakultes. Keiner der dortigen altäre war ihr geweiht [3]). Ein relief am sakramentshäuschen zur linken seite des hauptaltars, das die jagd Siegfrieds und die auffindung seiner gemahlin zeigt, stammt aus dem siebenzehnten jahrhundert [4]). Die in der kirche befindlichen grabdenkmale eines ritterlichen paares geben durchaus keinen anhaltspunkt zu einer deutung auf Siegfried und Genovefa [5]). Nachgrabungen nach dem leichnam der pfalzgräfin hatten keinen erfolg [6]); das grabmal scheint Hansen auch nicht so alt zu sein [7]). So gibt die kapelle selbst keinen beleg für die echtheit ihrer gründungsgeschichte an die hand.

Das erste mal wird Frauenkirchen urkundlich genannt 1319, in welchem jahre daselbst ein friede zwischen dem erzbischof Hermann von Köln und der stadt Köln abgeschlossen wird [8]). Ferner findet sich aus dem vierzehnten jahrhundert ein ablassbrief für die kapelle (1325) und dessen bestätigung durch den Trierer erzbischof (1326) [9]).

Im jahre 1327 erfährt man die erste der kirche gemachte stiftung [10]). Darnach aber fehlen die nachrichten über die

---

[1]) Ind. chronol. 21 ᵇ.
[2]) Wegeler a. a. o. 15. vgl. Görres a. a. o. 569.
[3]) Das ergibt sich aus der urkunde vom jahre 1325. Sauerborn a. a. o. 109: »altaria sita in dicta capella consecrata in honore beate Marie virginis necnon sanctorum Nycholai Michaelis et sancte crucis.«
[4]) Wegeler a. a. o. 135.
[5]) Wegeler a. a. o. Dagegen Sauerborn a. a. o. 4.
[6]) Barsch, Eiflia illustr. III¹, ⅠⅠ, 194.
[7]) Hansen a. a. o. 620.
[8]) Broweri Annal. Trev. II, 200.
[9]) Sauerborn a. a o 109, 112.
[10]) Sauerborn a. a. o. 110.

kapelle länger als hundert jahre. Erst 1439 ist eine neue schenkung belegt [1]). Dann häufen sich die urkunden; 1449 erhält die kirche ein neues ablassprivileg; 1459 trat daselbst eine bruderschaft ins leben und wurde von papst Pius II. mit ablässen beschenkt, deren die kapelle im gleichen jahre noch zwei weitere erhält [2]). Um diese zeit war die kirche schon so mächtig geworden, dass sich ein streit mit dem kapitel zu Ochtendung erhob, der 1461 laut einer langen urkunde geschlichtet ward [3]). 1487 ist die präsentation und einsetzung eines priesters zu Frauenkirchen verbrieft [4]). 1488 ist die kapelle vermögend genug, land zu verpachten [5]). Endlich ist noch eine urkunde aus dem jahre 1550 zu verzeichnen, eine obligation für die dortige bruderschaft [6]).

Hält man mit diesen urkunden die nachricht von einer im fünfzehnten jahrhundert bestehenden procession der Mayener nach Frauenkirchen, die urkundlich 1497 belegt ist [7]), zusammen, so muss der rasche und grosse aufschwung der kapelle in diesem jahrhundert in die augen fallen. Ein aufschwung, der wohl nur daraus erklärt werden kann, dass die kirche zu unserer lieben frau in jener zeit durch mirakel berühmt geworden war [8]). Beachtet man nun, dass die Marienlegende von der pfalzgräfin Genovefa die wunderbare fundation jener kapelle enthält, beachtet man, dass der

---

[1]) Sauerborn a. a. o. 132.
[2]) Sauerborn a. a. o. 115, 117, 120.
[3]) Sauerborn a. a. o. 124.
[4]) Sauerborn a. a. o. 129.
[5]) Sauerborn a. a. o. 134.
[6]) Sauerborn a. a. o. 136.
[7]) Hansen a. a. o. 620.
[8]) Wegeler a. a. o. 135 meint, ein um 1600 von Ebernach nach Frauenkirchen gebrachtes Marienbild habe die berühmtheit der kirche gesteigert. Die sache verhielt sich wohl umgekehrt. Man wollte die neu hergestellte Ebernacher kirche durch das Frauenkirchener Marienbild heben.

schluss der lateinischen legende von wundern in jener kirche
und von ertheiltem ablass spricht, so kann man die vermuthung[1]) nicht abweisen, es stehe das aufblühen der kirche
im engsten zusammenhange mit dem aufkommen der legende
von Genovefa. Und in der that scheint dieselbe in dieser
zeit entstanden zu sein.

Im beginn des dreizehnten jahrhunderts kann die legende
nicht wohl bekannt gewesen sein, da sie sonst der fleissige
Cäsarius von Heisterbach sicher in seinen *catalogus miraculo-
rum*[2]) aufgenommen hätte[3]). Ferner: die handschriftlichen
aufzeichnungen zwingen nicht zur annahme einer frühen
niederschrift. Die älteste unter den datierten trägt das jahr
1448, und ist sie gleich überarbeitung einer älteren vorlage,
so kann diese noch aus dem anfange des fünfzehnten jahrhunderts stammen und muss keinenfalls über das vierzehnte
jahrhundert hinauf gehen. Zwar weist die älteste handschriftenklasse am schlusse folgende worte auf: »Scripta vero
sunt haec primo vulgariter per petrum prothonotarium dicti
Palentini anno decimo domini Sifridi Palatini cristianissimi«,
d. h. also die legende beansprucht eine den vorgängen gleich-
zeitige aufzeichnung[4]). Aber gegen diese niederschrift der
legende in der merowingischen zeit spricht der titel proto-
notarius, der erst 840 in der karolingischen kanzlei aufkommt
und vorher nur in der päpstlichen gebraucht wird[5]). Der bei-

---

[1]) Aehnlich vermuthet Görres a. a. o. 573, dass Frauenkirchen erst
vom anfange des 14. jhrhs. ab, wo die kapelle plötzlich eine unerwartete
bedeutung erlangt habe, gegenstand der sagenbildung geworden sei.

[2]) 1222. Laacher sagen sind darin aufgezeichnet.

[3]) Auch Görres a. a. o. 570 f. hält diesen beweis für vollgültig.

[4]) Wegeler a. a. o. 107 meint. Peter sei protonotar des pfalzgrafen
Siegfried von Ballenstädt und ein abschreiber, der erst später irrthümlich
als verfasser genommen worden sei. Was soll dann »primo« heissen?

[5]) Sickel, Lehre von den Urkunden der ersten Karolinger 81.

satz »vulgariter« soll wohl nur das hohe alter der legende [1]) verbürgen, gerade so wie Albert von Bonstetten die legende von der h. gräfin Idda aus dem deutschen übersetzt haben will [2]).

Aus all dem leuchtet hervor, dass die legende erst zwischen der mitte des dreizehnten und dem anfange des fünfzehnten jahrhunderts lokalisiert worden sein kann, wenn sie zu dieser zeit überhaupt nicht erst erfunden worden ist.

Wer nun kann der urheber dieser lokalisierung oder erfindung sein? Die wiege der alten handschriften ist das kloster Laach. Und die dortigen mönche konnten auch allein ein interesse an der berühmtheit der kapelle Frauenkirchen haben, da sie den gottesdienst daselbst leiteten [3]) oder doch in beziehung zu derselben standen, und der ruf und gewinn einer solchen mirakulosen kapelle sicher auch ihrem kloster zu gute kam.

Simrock hat schon die überzeugung geäussert, ein Laacher mönch habe die legende auf grundlage des deutschen volksgesanges »gedichtet« [4]). Auch Hansen meint, ein mönch des Laacher klosters sei der verfasser, wobei er sich noch darauf stützt, dass in der legende schlechtweg der Laach (lacus)

---

[1]) Auch Wegeler, Annal. d. hist. Vereins f. d. Niederrhein IX. X, 283 vermuthet, das kloster Laach habe der kapelle »vielleicht ein grösseres alter zugeschrieben, als ihr eigentlich zukam.«

[2]) Vita S. Iddae comitissae Tockenburgi. Constanz 1685. Praefatio. Albert v. Bonstetten will die legende aus dem deutschen ins lateinische übertragen und aus dieser lateinischen fassung wieder ins deutsche umgesetzt haben!

[3]) Wegeler, Das Kloster Laach 136 und Annal. d. hist. Vereins f. d. Niederrhein IX. X, 285. Sauerborns Einsprache dagegen a. a. o. 155 bezieht sich erst auf die zweite hälfte des 15. jhrhs, ist also hier nicht zu beachten, wenn sie überhaupt stichhaltig ist, da doch z. b. ohne eine zugehörigkeit von Frauenkirchen zu Laach kaum ein Laacher abt das dortige Marienbild mit einem andern vertauschen konnte.

[4]) Simrock, Rheinland 308.

erwähnt wird[1]). Und endlich kam Wegeler zu der gleichen
ansicht, dass ein gelehrter mönch jenes klosters die erzählung »mit geschickter benutzung der örtlichkeit« verfasst habe[2].
Da nun die vorstehenden erörterungen die mythische grundlage der legende sehr zweifelhaft erscheinen liessen und ein
geschichtlicher vorwurf nicht aufgedeckt werden konnte, so
gewinnt die vermuthung kraft, dass die legende von einem
Laacher mönch erfunden worden ist. Freilich wie konnte er
die fabel ersinnen[3])?

Das erste motiv gab ihm die geschichte seines herrn,
des pfalzgrafen Ludwig II. des strengen an die hand. Als
dieser im felde war, wurde ihm die treue seiner gemahlin
Maria von Brabant ohne grund verdächtigt; er eilt nach
Donauwörth und ersticht dieselbe 1256. Die reue veranlasst
ihn zur stiftung des klosters Fürstenfeld. Das ganze ereigniss erregte solches aufsehen, dass sich sofort die aus-
schmückende sage daran heftete, so dass man heute kaum
mehr den reinen sachverhalt erkennen kann[4]).

Diesen anlass zu einer klosterstiftung konnte der mönch
nun freilich nicht ohne jede änderung aufnehmen. Und der
wunsch, seine erzählung wunderbarer zu gestalten, brachte
ihn auf das motiv der unschuldig verdächtigten, scheinbar
getödteten, dann aber wieder zu ehren gekommenen frau.
Dieser vorwurf war verbreitet: er lebte in der sage von zwei
gemahlinnen Karls des grossen, Hildegard und Sibilla; ge-

---

[1]) A. a. o. 617.
[2]) Annal. des hist. Vereins f. d. Niederrhein IX. X, 283.
[3]) Görres a. a. o. 570 ff. kann durchaus in der sage keine blosse
fiktion sehen; die erzählung sei eben eine Marienlegende, zu deren aus-
bildung der umstand mächtig beigetragen habe (574), dass sich in der
kapelle grabdenkmale mit figuren befanden, die man auf Siegfried und
Genovefa deutete! Doch wohl erst, nachdem die sage ausgebildet war.
[4]) Vgl. Söltl, Ludwig der Strenge 39 und Anhang 95. Steichele,
Das Bisthum Augsburg III, 848. Wetzlarer Beiträge hg. v. Wigand II, 354.
Stramberg, Rhein. Antiquar. II[9], 59.

schäftige mönche hatten ihn im zwölften und dreizehnten jahrhundert an das kaiserpaar Heinrich und Kunigunde angeknüpft[1]); so war auch die legende von Idda von Tokkenburg entstanden[2]), die mit dem kloster Fischingen zusammenhängt, gerade so wie die verwandte sage der Jutta von Braunsberg an das kloster Weingarten anknüpft[3]). Und auch einzelne der oben genannten sagen und novellen, die im dreizehnten und vierzehnten jahrhundert eifrig bearbeitet wurden und vielbekannt waren, hatten einen legendarischen schluss bekommen[4]). Die bekanntschaft eines mönches aus dem rührigen kloster Laach mit solchen stoffen ist nicht befremdend; gerade die legendarische ausbeute von geschichte und sage beweist, wie häufig mönche sich mit solchen erzählungen beschäftigten.

Hier nun konnte der mönch alle einzelnen züge für seine legende sammeln[5]). Und wohl mit vorbedacht liess er seine

---

[1]) Bresslau, Jahrbb. des deutschen Reichs unter Heinrich II. III, 360 f. Der kaiser hält die verleumdete gemahlin sich ferne und bittet, als sie sich durch das ordale gereinigt, sie fussfällig (wie der Siegfried der legende) um verzeihung.

[2]) Lebte 1180. vgl. Joh. v. Müller, Geschichte der Schweiz. Eidgen. Buch I. kap. 14. III.

[3]) Alpenburg Mythen und Sagen Tirols 1857. 199.

[4]) So gehen Crescentia und ihre angehörigen in ein kloster. Massmann, Kaiserchronik III, 896. vgl. Der arme Heinrich hg. v. d. brüdern Grimm 141.

[5]) Die verleumdung durch einen abgewiesenen buhlen, sowie die rettung durch mitleidige mörder ist häufig. Auch die verdächtigung, die frau habe umgang mit einem koche, scheint ein älterer novellischer zug; im ritter Galmy-roman, der jedoch erst im 16. jhrh. nach Deutschland kommt, wird die unschuldige gattin des verkehrs mit einem küchenjungen bezichtigt. vgl. Bruder Wernher II, 25: ez sint verschamter köche kint unt schamcloser mueter barn. v. d. Hagen MS. III, 16b. Der vitzthum lässt sein werben bei Crescentia wie Golo bei Genovefa durch eine dirne unterstützen. v. d. Hagen, Ges. Abent. I, 150. Das leben im walde (Agar und Ismael!) und die nahrung von wurzeln erträgt auch die gräfin Idda und Offas gemahlin. Matthaeus Parisiensis † 1259, Vita duorum Offarum. London 1639. fol. 6. Auf der hirschjagd findet Pipin seine Bertha

geschichte unter dem krummstab eines bischofs sich ab-
wickeln, dessen lebenszeit so wenig genau bestimmbar ist,
wie die Hildulfs von Trier[1]).

Woher aber entlehnte er die namen seiner helden? Da
bot sich ihm vorerst Siegfried dar, der zweite stifter seines
klosters, der dessen bestand recht eigentlich erst gesichert
hatte. Dankbarkeit kann man es heissen, die den mönch
leitete, seinen wohlthäter auch in dieser wunderbaren geschichte zu feiern[2]). Und er sollte ja auch ein »passagium
contra paganos« unternommen haben (mit Gottfried von
Bouillon) wie der held der legende und halte ebenso einen
statthalter (Gottfried von Calw) hinterlassen[3]). So ward der
Siegfried der legende pfalzgraf, wie auch nach seinem ersten
vorbild, Ludwig dem strengen. Und wie dessen gattin aus
Brabant war, so liess der mönch auch Siegfrieds gemahlin
daher stammen, was ihm um so geläufiger war, als der
historische pfalzgraf Siegfried von seiner grossmutter her dort
begütert war und dem kloster auch dort schenkungen gemacht hatte.

Schwieriger ist die wahl des namens Genovefa zu erklären, der sich historisch in keiner herrschenden familie

Eine hirschkuh ernährt wiederholt kinder, so auch die h. Anna. v. d.
Hagen, Abh. d. Akad. d. W. zu Berlin 1846. 566. vgl. J. W. Wolf. Beiträge z. deutschen Mythol. 1852, I, 182[1]). Auch der h. Aegidius wurde
als flüchtling im walde von einer hirschkuh genährt und bei einer jagd
gefunden. Burgholzer a. a. o. 74. Görres a. a. o. 581 f. verweist auf die
ernährung des märtyrers Mamas durch eine hirschkuh. Schon Wegeler,
wie ich aus den mir erst kurz vor abschluss der arbeit zugänglich ge-
wordenen Annal. d. hist. Vereins f. d. Niederrhein IX. X, 284 ersehe, hält
die entstehung der legende »aus einzelnen volkssagen, aus reminiscenzen
anderer historien für möglich, ja sehr wahrscheinlich.«

[1]) Auch Görres a. a. o. 557 benützt das vorkommen dieses bischofs
als beweis für den legendarischen charakter der erzählung. Dagegen gibt
er 580 f. in einem gewissen falle die möglichkeit zu, die handschriften
hätten Hildulf mit dem historischen Hillin verwechselt.

[2]) Görres a. a. o. 578 ff. theilt diese ansicht.

[3]) Vgl. Crollius, Erläuterte Reihe der Pfalzgraven 137 ff. und 143 ff.

der zeit findet. Und es ist auch nicht nachweisbar, dass die
Benediktiner die heilige von Paris besonders verehrt hätten,
so dass auf diese weise der kult dem Laacher ordensbruder
nahe gelegen wäre. Doch diese heilige wurde nicht nur in Paris
gefeiert, ihre verehrung war weiter ausgedehnt. Mabillon [1])
weist altäre der h. Genovefa in Royat bei Clermont, Rheims
und Andenne nach. Ihr kult musste auch bis nach Deutschland gekommen sein.

Die Bollandisten berichten im hinweis auf die maladie des
'ardens, welche die heilige vom 3. januar geheilt hat: »Praeter
illud cantatissimum sacri ignis, ope S. Genovefae restincti,
miraculum, aliud minus quidem celebre, admirabile tamen,
et certum in inferiore nostra Germania, saepenumero patratur.
Monasterium est S. Nicolai in Lacu, vulgo Zum laack; ....
huic propinquus est vicus, praesente semper S. Genovefae contra
caeli tonantis tempestates patrocinio clarus. Simul enim
fragor exaudiri tonitruum coeperit, illico nimbi, grandinis,
fulminis et cuiusvis demum periculi ab agris avertendi caussa,
incolae ad templum S. Genovefae campanas pulsaturi con-
currunt: sin differant, accolae advolant, ac pulsum urgent.
Neque is intermittitur, dum qui foris consistunt ardentes
aliquot candelas supra templi tectum conspiciant, quos S.
Genovefae cereos appellant. Id argumentum est propulsatae,
quae metuebatur, calamitatis.... Id perenne S. Genovefae
(non illius Brabantinae, quae haud inde procul vico Frawen-
kircken celebratur) sed huius Parisiorum tutelaris, beneficium
est, pagi illius templique Patronae« [2]).

Dieser glaube lebt heute noch unterm volke im dorfe
Obermendig. Sehen die einwohner bei gewittern eine flamme

---

[1]) Annal. ord. S. Benedicti I, 62; 104; 609.
[2]) Acta SS. januar I, 1089. Die h. Genovefa wurde in der Peter-
Paulskirche zu Paris begraben, die dann ihren namen erhielt. Fratres
de domo S. Petri hatten das kloster Mendich. Beyer, Mittelrhein. Urkund.
buch I, 369. Haben diese den kult übertragen?

auf dem kreuze ihres thurmes, so rufen sie: »Unserer lieben
frau [1]) Genovefa kerze brennt!« [2]) Die Bollandisten haben
sicher recht, dies mit der Genovefa von Paris und nicht mit
der pfalzgräfin zu verbinden, weil es im engsten zusammen-
hang steht mit dem vermögen jener, den »sacer ignis« zu
heilen, wofür sie zu Paris in einer eigenen kapelle als St.
Geneviève des ardens gefeiert wurde [3]).

Und hier griff der Laacher mönch den namen für seine
erzählung auf, den namen, dessen wunderbare trägerin beim
volke schon eingebürgert und verehrt war. So löst sich das
vorkommen desselben in der legende einfacher, als wenn
man Leos keltische etymologie des namens annimmt[4]), welche
er aus der seiner ansicht [5]) nach keltischen sage schöpft.
Der versuch, die etymologie des namens festzustellen [6]), wollte

---

[1]) Kann so gut auf die jungfrau von Paris gehen, als Maria unsere
liebe frau genannt wird nach der alten bedeutung.

[2]) Aloys Schreiber, Handbuch für Reisende am Rhein. 4. Aufl. 311*.

[3]) Demnach deutet Zacher, Historie 55 diesen volksspruch mit
unrecht auf der Brabanter Genovefa stellung als wolkengöttin.

[4]) Ferienschriften I, 103. Gaelisch: gean-o-uaibhe oder wälsch:
gen-o-fau = frau von der höhle.

[5]) Zs. f deutsche Mythol. I, 126.

[6]) J. Grimm, Gesch. d. d. Spr. 539: »Ich möchte gain oder gên aus
gagan gagin hervorgehen lassen, worin mich bestärkt, dass jenem Génar-
dus ein ahd. Gaganhart, Kaganhart zu entsprechen scheint.« Hieher rech-
net Grimm alle mit gêne zusammengesetzten eigennamen. »In der com-
position mag hier gagan ausdrücken, was widar in dem ahd. eigennamen
Widarolt.« In der zeitschrift von Aufrecht und Kuhn I, 435 dagegen
sagt Grimm: »Schwerlich sind Cannabaudes und Genobaudes verschiedene
namen, nur verschiedene schreibung, wie Cannaba und Genaba bestätigen.
wie wenn darin das alte Cannane Canine des volksnamens Canninefates
steckte? das scheint sehr annehmbar und wir gewinnen nun bessere etymo-
logien für Genobaudes und Genovcifa, die nichts anders sind als Canine-
baudes, Caninefeiva.« Ueber die zweite hälfte des namens äussert sich
Grimm, Gesch. d. d. Spr. 540: »fîfa bedeutet nach Biörn einen gefiederten
pfeil und eine gefiederte wollige pflanze (eriophorum), wonach mir auch
Génofeifa ursprünglich nichts als name einer blume zu sein scheint, deren

bisher noch nicht gelingen, obwohl seine beiden bestand-
theile in einer reihe von namen vorliegen [1]).

Ebenso ergeht es mit dem namen Golo, den Leo gleichfalls aus dem keltischen nach dem charakter seines trägers
in der legende deutet [2]). Auch Zacher wagt nicht, die richtigkeit seiner etymologie des namens zu behaupten [3]). Darf
man vielleicht einen kosenamen in Golo sehen [4])?

Gerade diese unsicherheit in der erkenntniss der namen
der legende (der koch und das kind treten in der lateinischen
abfassung noch so völlig zurück, dass sie keine namen führen)
steifte die neigung, in ihr etwas mythisches zu suchen, wo-
mit sie doch nur durch die anlehnung an das novellenmotiv eines ausgedehnten sagenkreises in berührung gekommen
war, wobei dann der name Siegfried, obwohl er unzählige

blätter auf der linken seite (was gagan meint) mit wolle besetzt sind.«
Jedenfalls zählt Grimm den namen zu den fränkischen. vgl. Gesch. d.
d. Spr. 541; 543.

[1]) Genanna, Genard, Genbert, Genbolda, Genechisel, Genedrudis, Ge-
nefus, Generid, Gengundis, Genildis, Genniod, Genobaud, Genolf. Aurovefa,
Baudofeifa, Edoveifa, Marcoveifa, Sunnoveifa, Vinofeifa. vgl. Förstemann,
Altd. namenbuch unter GEN, das er für verwandt mit GAN oder GJN
hält, und VAJF.

[2]) Ferienschriften I, 105. Gaelisch: col = incest. Bretonisch: gólò
= heucheln.

[3]) Historie 48. Galan = singen; duruh kalan = per incantationes;
daher Golo = zauberer. Auch Förstemann im namenb. stellt GOL zu ags.
galan, doch ohne Golo anzuführen. Burgholzer a. a. o. 52 gibt auch
eine etymologie, die wenn auch werthlos hier nicht übergangen werden soll: Golo bedeute »einen park von wildthieren in seinem innern
(γωλια, speluncae, lustra ferarum. Calepin. Diction. sept. ling.)«!

[4]) Ist es der rest eines eigennamens mit GOLD, wie Bolo aus BOLD
(Stark, Die Kosenamen der Germanen 165)? Oder darf man an Rolo
aus Rodilo = Rudolf (Stark 91) erinnern und Golo mit Gottfried (statt
des deminutions-konsonanten k in Godiko den deminutions-konsonanten l
— Godilo?) zusammenbringen? (Gottfried von Calw hiess Siegfrieds von
Ballenstädt stellvertreter.) Kehrein, Volkssprache Nassaus I, 169 belegt
Golo = Gollo als schimpfbenennung eines falschen menschen; diese be-
deutung hat sich wohl erst aus der legende entwickelt.

mal historischer eigenname ist, noch als wichtiges merkmal
betrachtet wurde. Daneben betonte Zacher[1]), dass die jagd
am tage vor epiphanie als dem letzten tage der zwölften
für das mythische spreche, da doch epiphanie für Frauenkirchen einer der ablasstage[2]) und überhaupt »der oberste
tag« war, weshalb ihn der mönch leicht wählen konnte.
Auch wenn Zacher an Berchta gemahnt wird durch den
volksglauben, Genovefa spinne sonntags auf dem altare zu
Frauenkirchen[3]), und wenn man die zuverlässigkeit solcher
nachrichten nicht angreift, so muss man doch in einer kirche
»zu unserer lieben frauen« zuerst an Maria denken, die wie
Holda und Berchta spinnen lehrt[4]), und eine verdrängung
von Maria durch die später berühmt gewordene Genovefa
annehmen. Und endlich die procession mit dem scheinkampf[5])
ist wiederum kein beweis für die mythische grundlage der
Genovefalegende[6]); der kampf beruht auf dem in den Rheingegenden überhaupt üblichen[7]) streit zwischen sommer und
winter, den die mönche geschickt unter vermittlung der legende
von der pfalzgräfin für die kirche auszubeuten wussten. Die
alte Genovefalegende weiss gar nichts von den Saracenen,
gegen welche jener scheinkampf gefochten wird wie man
sagt auf anordnung des pfalzgrafen Siegfried. 1551 (oder
1556?) findet sich diese feierlichkeit zuerst verzeichnet.

---

[1]) A. a. o. 55. vgl. Simrock, Myth. 301.

[2]) In einer urkunde sogar an erster stelle genannt. Sauerborn a.
a o. 116.

[3]) Simrock, Rheinland 309.

[4]) Grimm, Myth. 280.

[5]) Hansen a. a. o. 620. Wegeler, Das Kloster Laach 136.

[6]) Zacher a. a. o. 59. Zacher sucht sogar eine 1713 verbriefte ver-
pflichtung Mayens. am dreikönigtage kohlen nach Frauenkirchen zu
liefern, mythisch zu deuten a. a. o. 54. vgl Wegeler, Annal. d. hist.
Vereins f. d. Niederrhein IX. X. 284.

[7]) Simrock, Myth 725.

All dies spricht so wenig für eine mythische grundlage der legende, als es für deren historische echtheit beweiskräftig ist, wenn ein thurm des Mayener schlosses Genovefathurm heisst[1]) oder man in Mayen den thurm zeigt, in dem Golo gefangen war. Ja man kennt auch die felsenhöhle im Hochstein[2]), in der Genovefa zuerst schutz fand; ein waldrevier heisst Golobüsch[3]) und unter Thür, auf einer. wiese, der Bierling genannt, treibt Golo als am platze seiner hinrichtung nächtlichen spuk[4]). Hierin feiert der verfasser der legende den triumph seiner kunst, vermöge welcher es ihm gelungen ist, durch verwerthung von ortsnamen aus der umgegend[5]) seines klosters und der zu feiernden kapelle seiner erzählung beim volke jene glaubwürdigkeit zu gewinnen, die sich neue äussere anknüpfungspunkte schafft.

Hält man nun an einem verfasser fest, so ergibt sich auch ein bestimmterer zeitpunkt der entstehung, als er oben gefunden werden konnte. Der erste ablassbrief für Frauenkirchen ist vom 2. april 1325 datiert; der mönch setzt den tod der Genovefa auf denselben tag fest[6]); demnach ist die legende nach dem jahre 1325 verfasst. Denn dass der verfasser der indulgentien der kirche gedachte, beweist der schluss der legende, wonach der papst der kapelle einen ablass er-

---

[1]) Hansen a. a. o. 613. Bärsch. Eiflia illustr. III ¹, ıı, 86. vgl. Görres a a. o. 549 f.

[2]) Simrock, Rheinland 309.

[3]) Sauerborn a. a. o. 90 ¹).

[4]) Hansen a. a. o. 613.

[5]) Vgl. Görres a. a. o. 545 ff.

[6]) Görres a. a. o. 575 zieht aus diesem zusammentreffen der daten nur den schluss dass die am todestage der Genovefa ausgestellte urkunde deren namen nennen würde, wenn die legende 1325 schon existiert hätte. Ferner hebt er a. a. o. 577 f. mit recht hervor, dass das altartuch in der Wiesenkirche zu Soest, das aus dem anfange des 14. jhrhs. sein soll, zum beweis für das alter der legende nicht beigezogen werden kann, so lange sich fachmänner streiten ob darauf die Genovefa- oder eine andere geschichte dargestellt sei.

theilte [1]). So wurde die legende in den jahren geschaffen, während welcher alle nachrichten über Frauenkirchen fehlen [2]). Und sobald etwas von einer abschrift der legende verlautet — einem beweis, dass man sich mehr mit ihr beschäftigte —, da liegen auch sofort privilegien für die berühmt gewordene kapelle vor augen.

Weder für die mythische sage noch für das geschichtliche ereigniss lässt sich ein entscheidender beweis vorbringen. Was erübrigt, als eine novellistische legende anzunehmen, zumal ihr ausgangspunkt nach ort und zeit unverrückbar feststeht und eine mögliche entstehungsart jener erfindung aufgedeckt werden kann? Wer will sich hinter die ehrlichkeit der mönche verschanzen? Gilt doch auch der erste stiftungsbrief des Laacher klosters für gefälscht [3]). Es darf zwar verwundern, dass die Genovefalegende über die ausstattung der kapelle Frauenkirchen sich nur allgemein äussert (»et redditibus dotare«), da ja in dieser zeit »die leben der heiligen, namentlich die miracula, öfter nicht zur erbauung, sondern zum nachweis des besitzstandes einer kirche abgefasst« [4]) wurden. Aber auch ohne das ward durch eine wunderbare fundationsgeschichte das glück und der ruhm einer kirche geradeso gegründet [5]) wie durch eine translation. Eine parallele zur Genovefalegende gibt die sage von Hildegard und der gründung eines klosters in Kempten durch Karl den grossen, welche Rettberg als unhistorisch abweist [6]).

---

[1]) Es fällt nicht ins gewicht, dass in der gründungsgeschichte ein jahr, in dem privileg nur 40 tage ablass gegeben werden.

[2]) Bärsch, Eiflia illustr. III ¹, II, 193 behauptet, der ursprung der legende reiche nicht über das 15. jhrh. hinaus.

[3]) Wegeler, Das Kloster Laach 6.

[4]) Roth, Beneficialwesen 465.

[5]) Wegeler, Annal. d. histor. Vereins f. d. Niederrhein IX. X, 283 sagt, Laach habe »mancherlei interessen« gehabt, »der geschichte einen gewissen nimbus zu geben, sie zu cultiviren «

[6]) Kirchengeschichte II, 131.

Auf diesem wege kann also das ergebniss dieser untersuchungen nicht angegriffen werden: die Genovefalegende ist
zwischen den jahren 1325 und etwa 1425 von einem Laacher
mönche verfasst worden.

UEBERLIEFERUNG, FORTBILDUNG UND VERBREITUNG
DER LEGENDE.

Die einzigen ausführlichen nachrichten über die handschriftlichen aufzeichnungen der legende bietet Sauerborn [1]),
doch in unklarer und irriger weise. Er nennt sechs handschriften. Das eine steht fest: der archetypus muss begonnen
haben: »Temporibus beati Hildulfi« und hatte die angeführte
nachschrift des protonotars Peter [2]). Aus diesem fliessen
drei klassen von handschriften.

Die eine behält den anfang des archetypus bei; ihr
gehört die abschrift des alumnus zu Laach Johann von
Andernach an, die nach Thomas Kupps bericht rein und
frei von zuthaten und fehlern und von einer hand geschrieben
war im jahre 1500 [3]). Die kopie ist die vorlage der durch
Sauerborn mitgetheilten [4]) etwas verderbten abschrift des
lectors und späteren abtes zu Laach Thomas Kupp und
eben dieselbe [5]) hat Marquard Freher bei seinem besuch im

---

[1]) A. a. o. VII.

[2]) Es ist die bei Sauerborn unter 2) angeführte handschrift, deren
existenz im archive von Laach auch Wegeler, Das Kloster Laach 107
bestätigt. Da Wegeler diese für eine kopie hält (ohne grund), so postuliert
er eine ältere handschrift, die sich aber schon sehr frühe in Laach nicht
mehr vorgefunden habe. Auch die von Sauerborn a. a. o. VII oben
ohne nummer angeführte handschrift ist wohl erfunden.

[3]) Sauerborn a. a. o. IX. 5) u. 49 ff. Papierhandschrift im Laacher
manuskriptenschrank unter L. K. n. 12.

[4]) A. a. o. 54 ff. vgl. VII. 2) und IX. f. 7). Legenda qualiter capella
in Frauwenkyrg est constructa miraculose.

[5]) Dass beide aus einer handschrift abgeschrieben haben, lässt folgende stelle vermuthen: Sauerborn a. a. o. 96: »qui gratias agentes deo

kloster Laach am 9. november 1603[1]) gesehen und wohl
sich abschreiben lassen. Er veröffentlichte sie in der appendix
zu seinen *Origines Palatinae*[2]), wie er zuvor im texte ver-
sprochen hatte[3]). Die abweichungen des druckes von der
Kuppschen handschrift sind nicht sehr bedeutend und be-
ziehen sich durchweg nur auf sprachliche besserungen[4]).
Diese handschriftenklasse ist nicht nur als bewahrerin des
ältesten textes werthvoll sondern auch den andern vorzuziehen

---

et beatissime virgini Marie.« Freher app. 22: »qui gratias Deo agentes
Virginique Mariae.« Bei beiden fehlt das hauptverbum, welches eine rand-
note des Johannes Piemontanus (14./15. jhrh. in Laach) zu Johannes' von
Andernach handschrift vermuthlich aus dem älteren original ergänzt:
»venerabundi recesserunt.« Eine andere stelle! Freher app. 19 schreibt:
»quis scit an coquus vel alius eam (Genovefam) cognoverit.« Coquus vel alius
ist sinnlos; coquus ist glossem zu alius aus dem kurz nachfolgenden satze:
»dicatis ei quod uxor Palatinissa de coco concepit.« Coquus kam nun an
stelle des richtigen dominus in den text, welches wort die Kuppsche abschrift noch bewahrt hat; sie bietet nach Sauerborn a. a. o. 72: »quis scit
an dominus noster an alter coquus eam carnaliter cognovit.« Hier hat
sich coquus neben das glossierte wort eingeschlichen und um den sinn
»der herr oder ein anderer koch« etwas zu bemänteln, entstand die un-
nütze korrektur alter aus alius. Die richtige lesart in beiden fällen ist:
»dominus an alius.«

[1]) Origines Palat. II, 35.

[2]) II. append. 18. Historiola de exordio capellae Frawenkirchen.

[3]) II, 39 Weil in der appendix Petri Pithoei Observatio de comi-
tibus Palatinis, ein ins lateinische übertragenes excerpt der allgemeinen
stellen aus dem 1. buche von Pithous Mémoires des comtes de Champagne
et de Brie, der Historiola de exordio capellae Frawenkirchen vorausgeht,
so haben Sauerborn a. a. o. XI. 9) u. 53 und Zacher, Historie 13 auch
diese für eine übertragung aus Pithou gehalten. In dem 1. buche der
Mémoires, das allein ich einsehen konnte, steht die legende nicht; ich
kann aber auch die gelegenheit nicht absehen, bei welcher Pithou in der
folge die erzählung aufgenommen haben soll. Auch stimmt Frehers druck
zu genau mit der lateinischen abschrift überein, um übersetzung aus dem
französischen sein zu können. Uebrigens widerspricht sich Sauerborn
selbst, indem er a. a. o. VII. 1) die lateinische handschrift nennt, aus der
Freher abgeschrieben habe, worin er freilich irre geht, da Freher nicht eine
handschrift der zweiten, sondern eine der ersten klasse zur grundlage hat.

[4]) Vgl. die kollation unter dem texte bei Sauerborn a. a. o. 54 ff.

durch ihren einfachen, ungekünstelten stil. Ohne abschweif-
ungen und empfindsame ausmalung wickelt sich die erzählung
ab. Der geistliche verfasser verräth sich besonders in der
schilderung, wie Genovefa den mördern übergeben und von
ihnen verschont wird: unverkennbar ist die passion Christi
das vorbild dieses stils. [1])

Die zweite reihe von handschriften wurde durch den
scholarum rector zu Laach Johann Seinius gegründet 1448.
Er hatte bei seiner wiederholung des alten manuskripts die
absicht »semilatini autographi barbariem abstergere, quatenus
in posterum vulgariter latine i. e. intelligibiliter loqueretur« [2]).
Die weise seiner sprachreinigung ergibt sich sofort bei einem
vergleiche des eingangs; während es im original heisst: »Temporibus beati Hyldulfi Archiepiscopi ecclesiae Treverensis,
qui in palacio Oychtennyke residebat« etc., schreibt Seinius:
»Divo Hildulpho Trevirorum Archipraesule illustrissimo in
Castello Ochendyngo residente« etc. [3]) Hontheim kennt diese
handschrift (oder eine kopie derselben?) und sagt, eine vergleichung (mit einer handschrift der ersten klasse) habe
»nonnisi modicam utriusque in paucis verbis differentiam«
ergeben. [4]) Doch dem Johann von Andernach hatte diese
verbesserung des Seinius missfallen, »weil die von demselben
gemachten phrasen den sinn weniger genau wiedergäben« [5]),
weshalb er, wie berichtet, seine abschrift auf die ältere klasse

---

[1]) Auch Hansen a. a. o. 618 hat dies erkannt und zieht daraus den
kaum nothwendigen schluss, die legende werde in Frauenkirchen oder
Laach als marionettenspiel aufgeführt worden sein.

[2]) Wegeler a. a. o. 107.

[3]) Offenbar geht die von Sauerborn a. a. o. VII. 1) angeführte hs.
auf das exemplar des Seinius zurück, wenn überhaupt zwei handschriften
dieser klasse bestanden haben. Görres a. a. o. 536 vermuthet, beide
seien in der Pariser nationalbibliothek.

[4]) Hist. Trev. I, 26 § XIV; III, 1015 § LI; dissert. in saec. VI. § 14.

[5]) Sauerborn a. a. o. IX. 5) und 53.

basierte. Gedruckt wurde kein vertreter dieser zweiten klasse. [1])

Die dritte reihe wird durch eine einzige handschrift repraesentiert [2]), die sich jetzt in der stadtbibliothek zu Trier befindet [3]); sie beginnt: »Incipit feliciter memorabile gestum

---

[1]) Burgholzer a. a. o. 84 gibt eine vergleichung zu Freher nach Hontheim, Hist. Trev. p. 84 wie er sagt. Ich weiss nicht, nach welcher ausgabe er citiert. In der ed. princ. steht die historiola nicht. Seine kollation ergibt: Beginn nach Honth. Divo Hildulpho etc. (wie angeführt) residente facta est expeditio validissima, quod passagium vocant. Statt Freher: propter nimiam ejus bis Simmern: Honth. Mandavit, ut generosissima virguncula Genovefa consisteret in Palatiolo Saemerio, quod constructum est in quodam pago Meyenfeldensi. Nach Fr. ad custodiendam: Honth. trado. Statt Fr. non post multum tempus: Honth. tempore. Statt Fr. tum prius: Honth. tum propius. Statt Fr. responderunt unanimiter: scimus: Honth. resp. unan.: nescimus. Statt Fr. eis manendi: Honth. eis locum manendi. Statt Fr. inierunt consilio: Honth. inierunt consilia. Statt Fr. lignorum extensum: Honth. lign. extensorum. Statt Fr. ambassiassum: Honth. ambassatorem. Statt Fr. quae talia dignati: Honth. quae talia dignata est.

[2]) Görres behauptet wiederholt a. a. o. 536, 538, sie sei noch niemals gedruckt. Sie soll aber in La Pleiade 4. livraison, Paris 1841. 1 ff. veröffentlicht sein, einem werke, das ich bis jetzt nicht einsehen konnte. Zweifel an der richtigkeit dieses nachweises bekam ich durch einen abdruck von: Geneviève de Brabant par Mathias Emmich, trad. du latin par Edouard Spitz, membre de l'académie de Strassbourg, Paris 1857, der in der Bibliothèque des villes et des campagnes Paris, Librairie populaire o. j. erschienen ist. Spitz' übersetzung enthält nemlich nicht Emichs bearbeitung, auch nicht die des Seinius, wie der anfang bestimmt ergibt, sondern beruht auf einem texte meiner ersten handschriftenklasse. Und da Spitz doch möglicher weise La Pleiade zur vorlage hat, so könnte auch hier nicht die Triersche handschrift abgedruckt sein, sondern etwa der älteste vermisste Laacher codex, der sich dann auch, wie es Görres von den handschriften meiner zweiten klasse vermuthet, in der Pariser nationalbibliothek finden möchte. Den irrthum betreffs der autorschaft Emichs könnte Hontheim, Hist. Trev. III, 1015 veranlasst haben. Ich hoffe, diese zweifel bis zum abschlusse meiner Genovefastudien lösen zu können.

[3]) Nr. 1144. Durch die liberalität der Trierer stadtbibliothek konnte ich diese handschrift selbst benützen. Der sammelband, in welchem die

de prodigiosa instauratione capelle in frauwenkyrchen in honorem gloriosissime dei genitricis virginis Marie.« Es geht ein prolog von zwei seiten der auf 22¹/₂ blatt folgenden legende voran: eine ermahnung zur verehrung der h. jungfrau, durch welche gott so viele wunder verrichtet habe; zum schluss versichert der verfasser: »rem veram non fictam prodam.« Die legende selbst hebt an: »Temporibus igitur felicis hildulfi«; die erzählung geht also auf die erste handschriftenklasse zurück. Am schlusse fehlt der hinweis auf den protonotar Peter; statt dessen heisst es: »Explicit Memorabile gestum de miraculosa fundacione Ecclesie benedicte virginis in frauwenkyrchen Emendatum et conscriptum per fratrem mathiam Emyich sacre theologie professorem ordinis fratrum Beatissime dei genitricis marie de monte carmelj Conventus Bopardiensis Anno domini MCCCCLXXII. Circa festum pasche.«

Der verfasser dieser sehr erweiterten legende, Matthias Emichius [1]) schrieb dieselbe in Boppard. Er war zuletzt episcopus Cyrenensis und weihbischof zu Mainz und starb am 24. mai 1480 [2]). Stofflich enthält diese fassung durchaus keine neuerungen, [3]) dagegen ist die einfachheit der alten legende verschwunden, alle situationen gedehnt und ausgeschmückt, wodurch die erzählung nicht gewonnen hat. Emich flicht stellen aus den propheten ein, er verweist auf Susanna und Agar. Noch genauer ist er aber in den lateinischen dichtern bewandert, aus denen er zahlreiche wendungen, ja

---

legende steht gehörte »fratribus regularibus in insula ex opposito Valender«, wie eingeschrieben ist. d. h. dem kloster Niederwerth. Später kam er nach Koblenz, wovon Görres, Die teutschen Volksbb. 250 weiss.

[1]) Bobertag, Geschichte des Romans I', 79 fälschlich: Emmerich 1272.

[2]) Vgl. Sauerborn a. a. o. VIII. 4).

[3]) Doch lässt er die todesart der Genovefa »dei nutu« aus der strafe der ertränkung in tödtung im walde umändern, gerade so wie Crescentia in der Kaiserchronik in die Tiber geworfen, bei Vincentius Bellovacensis aber »ad decollationem in profundam silvam« geführt wird.

verse und schilderungen entlehnt. Zumeist wohl aus Ovid ¹)
und Vergil. Z. b. als Golo der Genovefa den tod ihres gemahls auf dem meere vorspiegelt, da verwerthet Emich eine
stelle der Aeneide: »stridens ab aquilone adversa tempestas
velum ferit et fluctus ad sidera tollit; franguntur remi et ventus
validus abripit navim et in latencia saxa retorquet. Aliasque
in brevia et sirtes urget miserabile visu et vorat rapidus
viros strennuos equoris vortex. Apparent hinc rari nantes in
gurgite vasto.« Dies stimmt genau mit der schilderung des
sturmes im ersten buch der Aeneide. ²) Dass die hinzufügung
eines solchen schmuckes die einfache legende schwülstig
macht und den ton frommen gefühles stört, versteht sich
von selbst. So bleibt die erste handschriftenklasse die beste
gestalt der Genovefalegende. ³)

---

¹) Z. b. Ora solvere: met. I, 181. — Ut cum redijt animus, pariter
rediere dolores: met. IX, 583 Mens tamen ut rediit, pariter rediere furores.
— Radiancia auro renitent arma: met. XIII, 105 Ipse nitor galeae
claro radiantis ab auro Insidias prodet. — Ingenij rubigo: trist. V 12,
21 ingenium longa rubigine laesum u. s. f.

²) Vgl. Aen. I, 102 ff.:
Talia iactanti stridens Aquilone procella
Velum adversa ferit fluctusque ad sidera tollit.
Franguntur remi . . . . .
Tris Notus abreptas in saxa latentia torquet —
. . . .
In brevia et syrtis urguet, miserabile visu
. . . . . . et rapidus vorat aeqore vortex.
Adparent rari nantes in gurgite vasto.
Vgl. auch: Duplices tendit ad sidera palmas: Aen. I, 93. Rumpere
moras: Aen. IV, 569. In pectore versare (curas): Aen. IV, 563 (dolos).
u. s. f.

³) Görres a. a. o. 533 ff. hält die handschrift des Emich für die
älteste, die von Joh. v. Andernach, Freber, Seinius, Hontheim für eine
jüngere d. h. zwischen 1472 und 1500 entstandene klasse, weshalb er
a. a. o. 542 die datierung von Seinius' bearbeitung 1448 verwirft. Seine
keineswegs völlig klare darlegung der handschriftenfrage ist irrig. Er
übersieht, dass Emich lateinische klassiker verwerthet, was allein schon
ein genügender grund ist, eine niederschrift, die der schreiber selbst

Wohl den ersten littcrarischen hinweis auf die legende
gibt Hubert Thomas Leodius in seinen *Annales de vita et
rebus gestis Friderici II. Electoris Palatini*, zuerst gedruckt

emendiert nennt, nicht für »so ziemlich die älteste Genovefahandschrift«
anzusehen, wie Görres a. a. o. 546 sich ausdrückt, während er a. a. o.
576 zugesteht, a priori sei es nicht unmöglich, dass schon lange vor
Emich ein mönch die erzählung aufgezeichnet habe. Gewiss wird doch
eine Marienlegende früher im biblischen latein geschrieben, als man sie
mit antiken dichterstellen ausziert. Ferner ist Emichs handschrift zu
Boppard entstanden, also vom herde entfernter als die übrigen zu Laach
verfertigten abschriften, d. h. die legende hatte sich 1472 schon über die
engsten grenzen hinweg ausgebreitet. Und woher hätten die »jüngeren«
handschriften die note des protonotars Peter, die bei Emich fehlt? Görres
spricht zwar nirgends deutlich aus, wie er sich das verhältniss der handschriften unter einander denkt, aber nach seiner ganzen darlegung leitet
er doch alle übrigen aus der Emichs ab. Dagegen erweisen viele stellen
schlagend, dass Emich den text jener handschriften redigierte. Ein beispiel für alle: bei Freher app. 19 sagt Golo: »(Genovefam) cum infantulo ad
lacum ducere faciam, et utrimque in aqua demergantur«. Weiter unten
heisst es nur: »abduxerunt (servi) eos in silvam«; vom ertränken ist nicht
mehr die rede. Diesen widerspruch tilgt Emich XIV[b] durch die worte:
»cum mutata dei nutu sentencia ne mergeretur . . . . . ad densum
quoddam nemus.. venissent.«

Solche beweise werden durch die von Görres 541 [2]) angeführten
einzigen drei gründe seiner bevorzugung Emichs nicht aufgewogen.
Der erste derselben ist noch dazu unrichtig. Görres behauptet, Emich
habe nur éine vetula eingeführt; die dienerin der Genovefa und
die rathgeberin Golos sei die éine wäscherin. Emich nennt aber diese
»ipsa omnis inbuta mali«; ipsa kann hier doch nur »auch, ebenso«
heissen, nemlich wie die dienerin, welche Emich »tocius conscia mali«
nennt. Dann wohnte doch die alte, welche allein Genovefa bedient,
kaum in einer hütte am fusse des berges wie Golos beratherin, und jene
musste wohl Golos vertraute sein, da er ihr allein den zutritt zu Genovefa
gestattete, brauchte also nicht erst aus des ritters mund zu erfahren, dass
er die pfalzgräfin hoffnungslos liebe, was er der zweiten alten mittheilt.
— Was den zweiten punkt betrifft, eine erweiterung der legende durch
den hinweis auf einen koch als buhlen der Genovefa, so mangelt dieser
allerdings dem Emichschen texte. Aber Görres hebt selbst hervor a. a. o.
543, dass auffallender weise weder Siegfried noch Golo an eine bestrafung
des buhlen denken; d. h. die figur des koches war als völlig nebensächlich mit dem stoffe gar nicht verarbeitet worden. Warum sollte
Emich, dessen klassisch gebildeter geschmack wohl vor dem ehebruche

1525. Er sagt [1]) bei gelegenheit der besprechung von Laachs gründung durch Siegfried: »In veteri quoque palatinatu, in quodam sacello divae virgini dedicato scriptum invenitur«: Siegfried habe auf den rath eines ritters seine frau Genovefa von Brabant verbrennen lassen wollen. Die gründe seien nicht angegeben. Man versichere, sie sei mit ihrem kinde in einen wald ausgesetzt und nach einigen monaten unversehrt wieder gefunden worden. Joannes Molanus (ver Meulen) dagegen bringt in seinen *Natales Sanctorum Belgii* 1595 zum 2. april die geschichte der pfalzgräfin genauer, in kurzem auszug aus Emichs handschrift, wie er angibt.

Nachdem Marquard Freher schon in einer note zu Petrus de Andlo [2]) 1603 durch den eingang der von ihm später

---

der pfalzgräfin mit einem koche zurückschreckte, diese unnöthige person nicht übergangen haben, zumal er die ausführung der gestalt in seiner vorlage vermisste? Uebrigens hat auch Spitz in seiner französischen übersetzung den koch vollständig ausser spiel gelassen, vielleicht aus der gleichen feinfühligkeit wie Emich. Oder entbehrte der älteste Laacher codex, der Spitz' vorlage sein könnte, diese figur, eine frage, die, wie schon oben gesagt, ich später beantworten zu können hoffe. — Und drittens soll es eine erweiterung des stoffes involvieren, dass eine anrede Golos an die vom scheinbaren morde zurückkehrenden diener bei Emich fehlt. Aber Emich strich ja die ganze scene! Von der ankunft der milites ist nirgends die rede. Der gewandte überarbeiter wollte aus kunsttechnischen gründen die schilderung des aufenthaltes der Genovefa nicht mit einer scene am hofe unterbrechen, weshalb er die dortigen verhältnisse nur andeutungsweise berührt. — Görres' sämmtliche gründe sind also nicht beweiskräftig. Meine darlegung empfiehlt sich noch dadurch, dass sie nicht den unbegründeten zweifel Görres' an der datierung von Seinius' handschrift theilen muss. Selbstverständlich kommt Görres zuweilen zu einer falschen beweisführung, wenn er sich allein auf die emendierte handschrift stützt; so z. b. a, a o. 556, 560. Zum schlusse berichtige ich ein paar lesefehler; Görres notiert a. a. o. 513 [1]), Emich XXIII° biete: »reinuncta«|; es steht »reinuenta«. A. a. o. 549 [1]) Emich XIII° habe: »immensa voraginem .... et viciatam mulierem; die handschrift liest »immensam« und »matrem«.

[1]) Ed. 1624. 12.
[1]) De imperio R. G. c. commentar. M. Freheri I cap. 13. vgl. Tolner, Histor. Palat. 1700. 156.

veröffentlichten historiola den pfalzgrafen Siegfried zu Childeberts III. zeiten zu belegen gesucht hatte, wonach er die handschrift schon genauer kennt als Leodius, wiederholte er doch im wesentlichen dessen etwas unbestimmte darstellung im zweiten theile seiner *Origines Palatinae* [1]), ja er behielt sogar Leodius' nachricht bei, Genovefa habe verbrannt werden sollen, obwohl er damals schon die ganze legende in händen hatte, also von der verurtheilung der gräfin zum tod im »Laach« wissen musste, wie der zusatz beweist: »Historiolam eo aevo conscriptam, integram forte alibi edemus.« Dieselbe findet sich, worauf wiederholt verwiesen worden ist, in der appendix.

1618 schrieb Erycius Puteanus, spanischer historiograph und professor zu Löwen, ein eigenes schriftchen: *S. Genovefae, ducis Brabantiae filiae, iconismus.* Rader hat in seine *Bavaria sancta* [2]) dessen worte aufgenommen, und da er auch Frehers darstellung unverkürzt bietet, so ist der schluss erlaubt, dass hier die ganze bearbeitung des Erycius Puteanus vorliegt. Sie ist fast nur ein viertel so lang, als die handschrift der ersten klasse und vollständig frei von jeder wörtlichen anlehnung. Alle direkten reden sind aus dem ikonismus verbannt; er ist eine gewandte und ungekünstelte schilderung, eine gefällige erzählung, die nicht den anspruch macht, geschichtsquelle zu sein [3]).

Albertus Miraeus gibt in seinen *Fasti Belgici et Burgundici* 1622 zum 2. april nur die notiz, dass Emich Genovefas

---

[1]) 1613. II, 38. Frehers und Leodius' nachrichten über Genovefa finden sich bequem beisammen in Reinhardi Rerum Palatinarum scriptorum vol. I. Carlsruhe 1748. 24; 294; 421.

[2]) II, 300. Ich konnte den ikonismus nicht zu händen bekommen.

[3]) Die frage nach des Puteanus vorlage ist nicht sicher zu entscheiden. Während die erste handschrift Genovefa in einer laubhütte wohnen lässt, führt sie Emich in eine höhle; auch bei Puteanus lebt sie in einer höhle. Aber Emich sagt ausdrücklich, sie habe nicht ertränkt werden sollen während Puteanus wie Freher diese todesart nennen.

3*

]eben beschrieben und Puteanus dieselbe in einer schrift gefeiert habe. Auch der Jesuit Andreas Brunner bringt zum 2. april in den *Fasti Mariani*, die schon vor 1623 anonym erschienen waren, nur einen ganz kurzen auszug aus Molanus, wobei die änderung eintritt, dass er Genovefa statt der sechs jahre und drei monate der handschriften nur fünf jahre im walde zubringen lässt. Ausführlicher beschäftigt sich der Jesuit Matthäus Rader in seinem sammelwerke: *Bavaria sancta*, dessen zweiter theil 1624 erschien, mit der legende. Er verweist auf Molanus und druckt die darstellung des Puteanus [1]) und des Freher [2]) nach, wie schon gesagt. Wichtig ist, dass er die pfalzgräfin mit andern unschuldig verfolgten personen zusammenstellt. Er reiht ihre legende der besprechung der Maria von Brabant ein, gedenkt ferner des verhältnisses zwischen kaiser Theodosius, dem sohne des Arkadius, und seiner gemahlin Eudoxia, der legende der h. Idda von Tokkenburg, der sage von Otto III. und Guido von Aosta, des ordales der h. kaiserin Kunigunde. Von Joseph und Putiphar, von Crispus will er gar nicht reden. Auch an Hippolyt zu erinnern, sei unnöthig, da ja genug historische thatsachen solche vorkommnisse belegten. Man sieht, Rader hält sich an das novellistische motiv [3]).

Einen auszug aus Emichs handschrift enthalten Broweri *Annales Trevirenses* 1626 [4]). Eine kurze, doch vollständige fassung. Statt des erzbischofs Hildulf setzt er den erzbischof Hillin aus dem zwölften jahrhundert ein, d. h. die geschichte wird ins zeitalter der kreuzzüge verlegt; daher wird Sieg-

---

[1]) II, 300.

[2]) II, 302.

[3]) Der pfarrer Bosecker zu Altenkunstat stellte in einer predigt 1614 schon die meisten der hier genannten zusammen : Theodosius und Eudoxia, Heinrich und Kunigunde, Siegfried und Genovefa, Graf von Tokkenburg und Itta. Birlinger fasst dies fälschlich für ein zeugniss vom volksbuche Genovefa, das doch erst im 18. jhrh. entstand. German. XVII, 450.

[4]) Ed. 1670. II, 61. vgl. Index chron. 21 b.

fried mit »sacrae militiae cruce« bezeichnet, ehe er auszieht.
Brouwer schliesst ab: »Atque haec fama tradente majorum,
an fideliter excepta? literis memoriaeque mandavit Matthias
Emyithus (so statt Emichius), Theologus Carmelitanus, Mona-
sterii Boppardiensis, anno, ut ipse scribit, 1472, quae licet
haud facile cum Sigefridi jam pridem defuncti gestis con-
texas a Genovefa tamen perennante haec olim inchoata,
hucusque, ut et Lacensis templi dedicatio prorogari potuere,
prole, ut suspicor, morte intercepta.« Diese erste anfecht-
ung der echtheit der Genovefalegende rief im achtzehnten
Jahrhundert die oben genannte *Diatriba* Gussenhovens als
erwiderung hervor. 1629 nahm der Jesuit Antoine de Balinghem
die Genovefalegende auf in sein werk: *Ephemeris seu Calen-
darium SS. Virginis Dei Genitricis Mariae, in quo singuli dies
aliquid exhibent ad eam spectans, quod eo ipso die, qui in-
scribitur, contigit, aut alicujus eximii studii ejus cultoris eodem
die obitum, et adversus eum studium repraesentant.* Der titel
ergibt die einrichtung des kalendariums, welches von Valentin
Piquer ins spanische übersetzt wurde. Der Jesuit Joannes
Nadasi reiht seinem *Annus caelestis* 1631 zum 2. april über
Genovefa nur drei zeilen ein[1]): »s. Genovefa, quae apud
maritum Comitem falso accusata; et deserta, Mariam cum
invocares, dicentem audisti: Ego te non deseram.« Diese
worte spricht Maria nur in den handschriften der ersten
klasse, weshalb Nadasi Freher, resp. Rader vorgelegen
sein muss.

Interessant ist die fassung, welche der Augustinerpater
Michael Hoyer der legende gegeben hat, als er sie 1641 in
seine *Historiae tragicae sacrae et profanae* aufnahm[2]). Jeder
seiner zwanzig geschichten, unter denen auch die von »Kun-

---

[1]) Colon. Agrippinae, Apud Heredes Thomae von Cöllen et Josephum
Huisch MDCCXXV. 232.

[2]) Die facultas provincialis und die erste approbation sind vom
jahre 1641, die zweite approbation von 1646.

hilda, Imper. Henrici conjux«, und Griseldis erzählt werden, schickt Hoyer eine kurze inhaltsangabe voraus. Als quelle zu seiner Genovefa[1]) nennt er Molanus, dessen bericht er mit ganz geringer benützung vorliegender ausdrücke erweiternd folgt. Was Molanus von der einweihung der kapelle, dem tode und der beisetzung der Genovefa, sowie von den mirakeln erzählt, das lässt Hoyer bei seite, da es wirklich zur tragischen historie nicht gehört. Denn ihm mangelt das dichterische gefühl nicht; nur wird es von dem lehrhaften zweck — er schreibt »in gratiam studiosae juventutis« — fast erstickt. Da beutet Hoyer die gelegenheit aus, die verderbtheit der höfe in den stärksten ausdrücken zu besprechen, das üppige wohlleben der hofleute zu verdammen[2]), dort rühmt er ausführlich die frömmigkeit und enthaltsamkeit der pfalzgräfin als vorzügliches beispiel; hier wieder lässt er sich über die nichtigkeit alles irdischen, über den tod, über die göttliche gerechtigkeit aus. Aber nicht nur lehrhaft, auch gelehrt ist die erzählung. Der klassisch gebildete verfasser spricht viel häufiger von dem schutze der »superi« als dem gottes, und vergleiche mit homerischen helden begegnen auf jeder seite. Wo der stoff es nahe legt, springt er aus der prosa in die gebundene rede um. In hexametern wird die vermählung Siegfrieds mit Genovefa und die empfängniss des ersten kindes gefeiert; in trochaeischen versen besingt der schulmässige dichter die vergänglichkeit weltlicher ehren, in alcäischen strophen die rache des himmels; endlich legt er der Genovefa einen daktylischen klagegesang in den mund (»threnum cecinit«). Und doch ist der stoff geschickt behandelt, so dass man über diese lästigen beigaben hinwegkommt.

---

[1]) Edit. altera correctior et emendatior. Bruxellae Apud Joann. Mommartium (1652). 58—83.

[2]) S. 66. Die hofleute tödteten vögel, fische und wild sich zur speise. »Unde frequenter, quia tam variis mortibus vivunt, mortem sibi immaturam nimis accelerant«!

Eine fortbildung desselben gegenüber der quelle ist Hoyers auffassung des krieges als kreuzzug, worin er mit andern zusammentraf; Siegfried zieht »cadueas Christianorum res miseratus« nach dem orient, eine darlegung, die sich immer mehr verbreitete. Und ferner lässt er die auffindung der Genovefa dadurch geschehen, dass der knabe dem jagenden pfalzgrafen begegnet, da ihm Molanus die vermittlung der hirschkuh nicht überliefert hatte. Würde man die moralisierenden zusätze ausscheiden, so wäre die knappe und ungekünstelte form der eigentlichen fabel eine der ansprechendsten aus diesem kreise.

In des Jesuiten Gumppenberg *Atlas Marianus* 1657 findet sich ein magerer auszug (aus Molanus?)[1]). Nicht weniger dürftig ist der bericht in Theod. Rhays *Animae illustres* 1663 zum 2. april. Obwohl er Freher, Puteanus und Molanus als seine quellen nennt, so geht er doch nur auf Brunner zurück. Schon Brunner hat Siegfried nach Syrien ziehen lassen, während Brouwer nur allgemein von einem kreuzzug spricht. Gumppenberg nennt die »terra sancta« als ziel des feldzugs und Rhay endlich lässt den pfalzgrafen in Syrien gegen die Saracenen kämpfen. Die im originale erwähnte heimkehr Siegfrieds über Strassburg gab keinen festen anhaltspunkt für die richtung seiner fahrt und das zeitalter Hildulfs berücksichtigte man nicht.

Tolner in seiner *Historia Palatina* 1700 verweist[2]) nur auf Freher und Emich. Bessel und Hahn nehmen diesen hinweis als citat aus Tolner in ihr *Chronicon Gottwicense* 1732 auf[3]). Hontheim berührt Frehers appendix in seiner *Historia Trevirensis*[4]) 1751 mit dem bemerken, dass er eine handschrift andern anfangs in händen habe.

Die Bollandisten haben die pfalzgräfin Genovefa keiner ausführlichen besprechung unterzogen, sondern erwähnen

---

[1]) Ed. München 1672. 669. Nr. 580.
[2]) S. 156.
[3]) III, 499.
[4]) I, 26. III, 1015.

sie (1695) nur kurz zum 2. april, da sie nicht kanonisiert worden sei [1]): »Non continuo probatur cultus et veneratio Ecclesiastica dictae Genovefae.«

Die vorstehende übersicht [2]) beansprucht nicht, vollständig zu sein. Sie soll nur den beweis liefern, wie lebhaft die legende besonders im laufe des siebenzehnten jahrhunderts in aufnahme kam. Es wird auch ersichtlich, dass vor allen die Jesuiten sich um ihre verbreitung mühten. Als einzig neue beachtenswerthe fassung der legende tritt der ikonismus des Erycius Puteanus heraus. Alle andern — mit ausnahme der Freher'schen appendix — sind lediglich excerpte, von denen die darstellung Hoyers noch den meisten selbständigen werth beanspruchen kann. Freilich keiner von all· diesen gestaltungen, auch nicht dem originalmanuskript bei Freher, noch der schilderung des Puteanus gelang es, ins volk zu dringen und die dauer der legende zu verbürgen. Das musste in der lebenden sprache eines volkes geschehen, was die gelehrtensprache nicht erreichte. Cerisiers war es, der durch eine veröffentlichung der legende in französischer sprache nicht nur bei seinen landsleuten, sondern in ganz Europa die legende einheimisch machte [3]).

Réné de Cerisiers lebte 1603 bis 1662. Er verliess die Compagnie de Jésus, um almosenier des herzogs von Orleans und darnach des königs Ludwig XIV. zu werden. Er war frühe schriftstellerisch thätig; schon 1622 gab er *L'Image de Notre-Dame de Liesse* heraus; schrieb das leben von S. Remy; übersetzte des Boëthius *Consolation de la philosophie* und

---

[1]) Ferrarius habe sie in seinem Martyrologium zuerst sancta genannt. Wegeler, Annal. d. hist. Vereins f. d. Niederrhein IX. X, 285 schliesst auch daraus auf die ·späte abfassung der legende.

[2]) In Butkens Trophées de Brabant 1724 fehlt die pfalzgräfin Genovefa, obwohl der verfasser Maria von Brabant aufnimmt.

[3]) Vgl. mit den folgenden darlegungen den abschnitt bei Görres a. a. o. 542 ff., der durch den mangel an litteratur völlig ungenügend ist.

schrieb ein seitenstück: *Consolation de la théologie*. In *Le Tacite françois* bietet er christliche und politische betrachtungen über das leben der französischen könige. Auch mehrere schriften des h. Augustin übersetzte er und verfasste flugschriften über die philosophie, über die armee in Frankreich u. s. f. Von all seinen erzeugnissen[1]) war am berühmtesten die schrift: *L'Innocence reconnue, ou Vie de Sainte Geneviève de Brabant. Paris....* Die approbation ist vom jahre 1634, der erste datierte druck von Mons, de l'imprimerie de Jean Havart 1638[2]). Backer weist einundzwanzig ausgaben dieses werkes nach ohne die übersetzungen. Die neueste edition ist vom jahre 1860. Paris, Renault et Cᵉ. Dieses werkchen erschien auch zusammen mit der geschichte von Jeanne d'Arc und Hirlanda fast unverändert unter dem titel: *Les trois états de l'innocence affligée dans Jeanne d'Arc, reconnue dans Geneviève de Brabant, couronnée dans Hirlande, duchesse de Bretagne. Paris* 1640[3]). Backer citiert acht drucke, alle aus dem siebenzehnten jahrhundert. Später scheint diese schrift vergessen worden zu sein.

Nisard urtheilt sehr günstig über die Genovefa Cerisiers', die er allen andern bearbeitungen der legende vorzieht »par la raison toute simple que je m'y amuse davantage. Le naturel y brille, fährt er fort[4]), jusque dans l'affectation même, la-

---

[1]) Vgl. Brunet, Manuel und besonders Backer, Bibliothèque des écrivains de la Compagnie de Jésus. I, 185. VII, 187. Nisard, Histoire des livres populaires ou de littérature du colportage Paris 1864. II, 423 will eine sammlung von heiligenleben und historischen schriften des pater Cérisiers in zwölf bänden gesehen haben.

[2]) Vgl. zum titel das nicht verwandte büchlein: L'Innocente justifiée. Histoire de Grenade. Par Mˡᵉ *** Divisée en trois parties. A La Haye, chez Abraham Troyel, March. Libr., dans la grand'salle de la Cour. 1694. Die erzählung ist im stile von Zieglers asiatischer Banise.

[3]) Das von Barbier, Dictionnaire des ouvrages anonymes I', 922 genannte werk: L'Innocence justifiée. L'Innocence opprimée. L'Innocence reconnue ist wohl ein ausläufer dieser schrift.

[4]) A. a. o. 426.

quelle n'est que dans les termes et est un effet de l'extrême délicatesse des sentiments.« Ein überschwängliches lob, das schon durch die darlegung der art, wie Cerisiers seine vorlage umbildet, gemässigt wird.

Cerisiers [1]) beruft sich in seiner vorrede auf Rader und Puteanus, welche die wahrheit der hauptzüge seiner geschichte verbürgten. Frehers historiola, die sich doch ebenda findet, übergeht er stillschweigend, hat sie aber sicher benützt [2]). Cerisiers meint, es gäbe in seiner ganzen erzählung nichts, »qui ne soit aussi veritable que divertissant.« Und dieser versicherung bedürfen in der that die erweiterungen, die der Jesuit am stoff vornimmt [3]).

Vorweg erfindet er eine lange jugendgeschichte der Genovefa: ihre eltern, ihre geburt, ihr stilles leben, das in vorahnung der zukunft schon jetzt im garten eine einsiedelei sich errichtet, ihre abneigung, zu ehelichen, bis sie dem wunsche der eltern weichend dem vor allen zahlreichen freiern hervorragenden pfalzgrafen Siegfried ihre hand reicht. Zwei glückliche flitterjahre verlebt das paar, als »Abderames« einbricht.

Als guter Franzose unterlässt Cerisiers es nicht, auf die eroberungspolitik des Maurenkönigs zu schmählen, und natür-

---

[1]) Ich citiere nach: L'Innocence reconnuä, ou la vie de S. Geneviéve. Par le R. P. René de Ceriziers, Religieux de la Compagnie de Jesus. Sixiéme et derniere Edition. A Bruxelles, Chez Pierre Vleugart, Impr., contre l'Hôtel du Prince de Ligne. 1675.

[2]) Ceris. 82 sagt. das kind sei erst dreissig tage alt gewesen, als Genovefa mit ihm in den wald verbannt wurde. Ebenso Freher, während bei Puteanus diese nachricht fehlt. Ebenso fehlt bei Puteanus, findet sich aber bei Cerisiers und Freher: die tröstende stimme Marias; die ohnmacht der pfalzgräfin u. a. m.

[3]) In der vorrede mit der überschrift: »Pourquoy Dieu permet que les Gens de bien soient calomniez« nennt er ausser den schon bei Rader aufgezählten personen: Susanna, Eudoxia, Kunigunde als weitere beispiele ungerechter anschuldigung: die tochter des Anthemius, Marina und die königin Elisabeth von Spanien.

lich waren dessen siege mehr durch »la perfidie des traistres« als durch tapferkeit errungen.

Cerisiers deutet damit zuerst das »passagium contra paganos» auf den krieg Karl Martells gegen Abderrhaman, während andere an einen kreuzzug nach Syrien erinnert hatten. Dadurch erst ward die legende zeitlich fixiert. Seine ziemlich genaue kriegsgeschichte[1]), von welcher ältere fassungen gar nichts bieten, schöpft Cerisiers sicher aus Paulus Aemilius Veronensis *De rebus gestis Francorum*[2]). Da finden sich alle notizen, die der pater bietet, und Karl Martell hält ebenso eine anrede ans heer bei Aemilius wie bei Cerisiers[3]).

Das verhältniss zwischen Genovefa und Siegfried macht Cerisiers sentimentaler, als es zuvor war; sie sträubt sich, den gatten ins feld ziehen zu lassen, bis gott selbst für den zug spricht; nach den ersten kriegsthaten schickt ihr Siegfried durch den ritter Lanfroy nebst dem für seine tapferkeit erworbenen »Collier de la Genette« einen schmachtenden brief, den sie nicht weniger empfindsam beantwortet[4]).

Den ersten liebesantrag Golos führt Cerisiers zarter ein, als im original dies geschieht. Genovefa zeigt Golo ihr porträt, das er bewundert mit dem beisatz: »pour moy, j'estime assez d'avoir des yeux pour prendre son coeur.« Genovefa versteht diese höfische liebeserklärung, missachtet sie jedoch, um nicht »trop fine« zu erscheinen, worauf Golo deutlicher sich ausspricht.

---

[1]) Vgl. s. 23—28.
[2]) Paris. 1555. II. buch.
[3]) Dieser entschuldigt sich gleichsam, dass er nicht die lange rede nach Aemilius ganz übersetze, indem er Karl Martell sagen lässt, der kampfeseifer des heeres würde eine grössere ansprache nicht ertragen.
[4]) Die vorlage zu einer solchen sendung gab das original in dem boten, welcher Genovefa die nachricht bringt, dass Siegfried lebe und in Strassburg sei. Bei Cerisiers kommt diese botschaft späterhin nur an Golo.

Schon jetzt ersinnt der ritter (gegen das original ohne einer »vetula« rath) die verdächtigung mit einem koche, der hier erst lebende figur wird. Sein name ist Droganes[1]). Mit liebesgift soll er die gräfin verführt haben. Ihn und die gräfin lässt Golo gefangen setzen. Dadurch gewinnen seine wiederholten versuche, der gefangenen liebe zu erringen, einen düsteren hintergrund; doch ist die freiheit der Genovefa schon im original beschränkt. Während aber hier sich sofort die rückkehr Siegfrieds, Golos ritt ihm entgegen, die verleumdung und der todesbefehl anreihen, dehnt Cerisiers die geschichte aus. Golo sendet einen boten an Siegfried, der die verdächtigung mit dem koche berichtet und rückkehrend an Golo den befehl Siegfrieds bringt, den koch zu tödten und Genovefa gefangen zu halten. Darauf stirbt Droganes durch gift. So hat Cerisiers die im original nur angedeutete figur des koches vollständig ausgebildet und verwerthet sie noch späterhin in seiner novelle. Nun erst reist Golo nach Strassburg und veranlasst Siegfried, die bestätigung des vorgebrachten sich bei einer hexe (d. i. die zweite »vetula« des originals) zu erholen, worauf der pfalzgraf Golo den auftrag gibt, auch Genovefa und das kind zu tödten.

Das töchterlein der amme (diese entspricht der dienerin im original) verräth Genovefa den bevorstehenden tod, worauf die gefangene einen brief an Siegfried schreibt mit der versicherung, sie sei frei von aller schuld; das schreiben hinterlegt jenes kind in deren zimmer. Und als zwei mordgesellen sie zum walde führen, da nimmt sie abschied von der welt. Den dolch, der auf ihr kind gezückt ist — es heisst Benoni, d. i. sohn meines schmerzes[2]) — wendet sie mit der bitte ab, sie zuvor zu tödten, damit sie nicht zweimal sterben müsse.

---

[1]) Erweiterte form des häufigen namens Drogo. Drogo wird von den Benediktinern am gleichen tage mit Genovefa verehrt: 2. april.

[2]) Nach Lib. Genes. 35, 18.

Ihre rettung erfolgt wie im original. Als sie allein ist,
wirft sie den trauring ins wasser[1]). Den aufenthalt im walde
stattet Cerisiers besonders reich aus. Ausser dem wunder
der hirschkuh geschehen da noch mehrere: ein engel bringt
ein krucifix vom himmel, das der Genovefa stets auf dem
fusse nachfolgt, zu ihr spricht und sie segnet. Alle thiere
des waldes sind zutraulich; ein wolf erbeutet ein schaffell
zur kleidung für den nackten Benoni, erntet aber dafür eine
strafrede der Genovefa, dass er zu ihren gunsten andere
leute bestohlen habe! Und als Genovefa eines tags ihre abgemagerte gestalt auf dem wasserspiegel sehend in klagen
ausbricht, da erscheint die jungfrau Maria und tröstet sie[2]).
Im siebenten jahre wird Genovefa krank. Da enthüllt sie
ihrem sohne, der schon zuvor nach seinem vater fragte, seine
abkunft, damit er nach ihrem tode seine heimath aufsuchen
könne. Doch engel erscheinen und sofort ist Genovefa ge-
sundet.

Zwischen dieser mit langen gebeten und moralischen
betrachtungen in mystischem geiste ausgeschmückten schilderung des waldaufenthaltes hat Cerisiers wiederholt das leben
Siegfrieds am hofe vorgeführt, indem er die erzählung
parallel fortführt mit der stehenden formel: nun wollen wir
uns wieder nach Siegfried umsehen, worauf er wieder zu
Genovefa zurückkehren will. Diese synchronistische technik
unterbricht zwar die eintönigkeit der frömmelnden darstellung
von Genovefas leben wohlthätig, wirkt jedoch im ganzen
ermüdend.

Der heimgekehrte pfalzgraf also, von dem das original
bis zur entscheidenden jagd gar nichts erzählt, hat böse

---

[1]) Das ist die einzige erinnerung an den Laach. Vom tode durch
ertränken ist nicht mehr die rede.

[2]) Im original erscheint Maria der träumenden gräfin, als Golo Siegfrieds tod vorspiegelt; Cerisiers sagt an dieser stelle nur: »la S. Mere de
Dieu découvrit cet artifice.« Dann hört Genovefa nochmal im walde die
stimme der h. jungfrau: »nunquam te relinquam«.

träume zu leiden. Ein drache bedroht seine gemahlin, den Golo auf den koch Droganes deutet. Siegfried findet Genovefas brief; auch hier noch lässt er sich von Golo überreden mit dem satze: jeder schuldige versichere seine unschuld. Doch Golo findet es schon gerathen, zu entfliehen. Dann erscheint dem pfalzgrafen nachts der koch in ketten als gespenst, worauf Siegfried dessen leiche ausgraben und christlich bestatten lässt. Endlich bekennt die Strassburger hexe, als sie verbrannt werden soll, dass sie Siegfried auf Golos bestechung hin betrogen habe. All diese momente überzeugen ihn schliesslich von der unschuld seiner gemahlin, und tiefe trauer, die er von anfang an nicht abschütteln kann, hält ihn fortan fest. Um an Golo rache zu nehmen, lässt er ihn zu einem feste einladen und setzt ihn gefangen. Am·tage vor dem feste jedoch, wozu Siegfried viele freunde herbeigerufen hat, wird eine jagd veranstaltet, um die tafel zu versorgen. Damit wird die jagd des originals motiviert, auf das nun endlich Cerisiers wieder zurückkommt.

Bei der jagd und wiederfindung fehlt Golo. Die erkennung geschieht auch nicht an der narbe und dem ringe wie im original. Cerisiers hat sich durch die wunderbaren beweismittel vor der auffindung genug gethan und verabscheut diese reellen erkennungszeichen. Den ring verwerthet er anders; wie gesagt, hatte Genovefa ihn ins wasser geworfen;· als sie heimkehrt mit dem gemahl, bringen zwei fischer einen fisch, in dessen bauch der ring sich findet[1]).

Den abschluss der legende wollte Cerisiers noch verzögern; er umgeht deshalb hier die forderung der Genovefa, Siegfried solle eine kirche bauen. Nachdem die pfalzgräfin von ihrer höhle abschied genommen, zieht sie aufs schloss

---

[1]) Cerisiers verweist auf praecedenzfälle dieser sage, auf einen könig der Samier, auf die h. Maurilla, den h. Arnoldus. vgl. J. W. Wolfs Niederländische Sagen 246 Nr. 152 und Die Sage vom Ring des Polykrates, Die Grenzboten XXXV, 481.

zurück, wobei alle thiere trauern. Die hirschkuh folgt ihr nach. Erst nach der feierlichen heimführung wird an Golo das urtheil vollzogen, obwohl Genovefa für sein leben bittet. Es folgt ein allgemeines gericht zur belohnung der anhänger Genovefas, zur bestrafung von Golos helfern.

Der tod der Genovefa wird durch eine abermalige erscheinung der himmelskönigin im kreise von engeln angesagt. Sie verabschiedet sich von den ihren, die durch ihre frömmigkeit und ihre mahnungen einem gottseligen leben sich ergeben haben. Und als sie starb, war allseits trauer. Auf ihrem leibe fand man ein härenes cilicium. So wuchs der glaube an ihre heiligkeit. Die hirschkuh wich nicht vom grabe und starb auf demselben. Völlig trostlos aber war Siegfried, bis ein engel in gestalt eines eremiten ihm zugesprochen hatte. Als Siegfried wieder auf die jagd geht, da führt ihn ein hirsch zur höhle der Genovefa[1]). Nun fasst er den plan, eine kapelle zu bauen und sich dorthin als einsiedler zurückzuziehen, für welchen entschluss ihn das wunderbare kreuz segnet. Benoni folgt ihm dahin und Siegfrieds bruder übernimmt die herrschaft[2]).

Diese übersicht über die bearbeitung der Genovefalegende durch Cerisiers zeigt eine erweiterung der fabel im grössten massstabe, jedoch ohne dass das motiv selbst irgendwie bereichert wäre und gewonnen hätte. Die zusätze ergaben sich theils aus dem einfügen des höfisch galanten und empfindsamen tones[3]), zum grösseren theil aber durch das be-

---

[1]) Ein hirsch zeigt dem h. Ansegisus die stelle zur erbauung des klosters Fécamp. Ebenso die stätte zur errichtung der kirche bei kloster Frauenalb. Schreiber, Sagen aus den Rheingegenden 151.

[2]) Vgl. den ähnlichen schluss der Crescentiasage. Massmann, Kaiserchronik III, 896. v. d. Hagen, Ges. Abent. I, 164.

[3]) Vgl. s. 46. Golo gibt Genovefa einen dolch, ihn zu tödten, wenn sie ihn nicht lieben wolle. Man beachte auch die höfische umgebung, die zum S. jhrh. schlecht passt; z. b. s. 32: »(Geneviève) se promenoit dans les détours d'un labyrinthe.«

tonen des religiösen elementes. Da wird ein ganzer apparat von wundern entwickelt und der hexenglaube darf nicht fehlen. Da zersetzt das mystische ineinsleben der seele mit gott alle einfach religiösen und moralischen gefühle. Und alles ist überladen; jede situation wird bis zum überdrusse ausgebeutet [1]. Was soll z. b. die lange darstellung der einzelheiten des krieges, die für die entwicklung des grundmotivs gar keinen werth haben? Cerisiers will seine kenntnisse zeigen, aus welchem grunde er auch so gerne beispiele als belege seiner erzählungen einflicht.

Der verfasser steht immer in einem persönlichen verhältnisse sowohl zu den personen seines stoffes als zum leser. Dort gibt er seinen antheil oder abscheu kund, hier tritt er mahnend auf. Er lässt es auch nicht an einem worte über die vorzüge der natürlichen schönheit vor der geschminkten fehlen [2], nicht an einem ausfall auf die geschwätzigkeit der frauen [3]. Nach allen richtungen eine ermüdende breite, eine anspruchsvolle überladung, wodurch der schlichte, treuherzige kern der alten legende fast erstickt wird [4].

Die einreihung dieser darstellung in das werk *Les trois états de l'innocence* war mit keinen bedeutenden änderungen verbunden; die übersetzung desselben stimmt völlig zu der *L'Innocence reconnue* [5]. In der vorrede entschuldigt sich der verfasser für die wiederholung der geschichte damit, dass er einige verbesserungen habe anbringen wollen. Er versichert

---

[1] Vgl. z. b. der bote mit Siegfrieds brief an Genovefa erscheint schwarz gekleidet, um dem freudigen ereigniss einen schrecken vorangehen zu lassen.

[2] S. 8.

[3] S. 70.

[4] Dass man auch heute noch ähnliche bücher fabriciert, beweist ein werk des beneficiaten Aloys Geist, Heinrich und Kunigunde oder Sieg der göttlichen Gnade. Würzburg 1870.

[5] Ein französisches exemplar war mir nicht zur hand; ich kenne nur die übersetzung Dillingen 1685.

nochmals die wahrheit der ereignisse, »obschon etwan einige
den bekannten Heldengedichten ehnliche Begebenheiten darinnen zu finden«, leugnet jedoch nicht, einige besondere
umstände beigefügt zu haben. Er zählt nun als wahr die
züge auf, die man bei Freher findet. Puteanus, Miraeus und
Raderus sind seine gewährsmänner, Emich konnte er nicht
einsehen. Auch das übrige sei nicht gedichtet, »sintemahl es
jhr (Genovefa) gar wohl hat begegnen können«! Die wunder
belegt er mit beispielen und schliesst mit einer wiederholten
vertheidigung der möglichkeit, dass Genovefa so gelebt habe,
woraus hervorgeht, dass schon damals lebhafte zweifel an der
historie aufgetaucht waren. Von den sich anreihenden betrachtungen über die »Würckungen dess Ubelnachredens« ist
die erste die »Preface« zur *L'Innocence reconnue:* »Pourquoy
Dieu permet que les Gens de bien soient calomniez«. Auch
die folgenden zwölf »Red-Verfassungen« der deutschen übertragung wird der übersetzer aus Cerisiers herübergenommen
haben. An der erzählung selbst wurde, wie gesagt, so gut
wie nichts geändert.

Wie sehr das aufbauschen derselben und die gezierte
sprache dem geiste der zeit angepasst war, das erweist die
oft wiederholte auflage des büchleins. Abbé Richard be-
sorgte eine verbesserte ausgabe[1]) und bis heute gehen französische volksbücher darauf zurück. Daneben kam die legende
durch französische übersetzungen der alten lateinischen handschriften in ihrer frühesten gestalt gleichfalls als volksbuch[2])

---

[1]) Die citate, welche Nisard a. a. o. 428 ff. bringt, weichen nur
gering und fast allein grammatisch von der Brüsseler ausgabe 1675 ab.
Nur zu s. 143 z. 8 v. u. bietet Nisard die fehlenden worte: »les effets
de Dieu« zwischen »admirer« und »de voir«. Ein neues volksbuch hat
den titel: Geneviève ou la Vertu persecutée. Limoges 1860.
[2]) E. de la Bédolierre, M. Emmich, Geneviève de Brabant, trad. du
latin. Paris 1841. Vielleicht liegt hier ebenso der Frehersche text vor
wie bei Edouard Spitz, membre de l'académie de Strassbourg, Geneviève

in umlauf. Und weiterhin wurde der stoff zu romanen verwerthet [1]).

Ebenso wichtig ist, dass Cerisiers' fassung ins volkslied übertrat. Einmal in strophen zu acht zeilen im engsten anschluss an die prosaische vorlage [2]), ein andermal mit richtiger auswahl der hauptmomente und weglassung der wunder, sowie des abschlusses nach Genovefas tod in siebenzeiligen strophen [3]). In beiden ist die darstellung sehr anspruchslos, in dem letzteren liede durch die grössere kürze auch gefällig.

Aber nicht genug, dass Cerisiers' buch einen grossen leserkreis fand und dem volksgesange einverleibt wurde, es geht darauf auch eine tragödie *Geneviève de Brabant* von unbekanntem verfasser zurück, die schon 1669 zu Paris gedruckt wurde [4]). Ein jahr später erschien: *Geneviève ou l'Innocence reconnue, tragédie en 5 actes par François d'Aure, curé de Minière,* zu Montargis [5]). Diese sofortige dramatisier-

de Brabant par Mathias Emmich, trad. du latin. Paris 1857 und o. j. in der Bibliothèque des villes et des campagnes. Paris, Librairie populaire. Auf einen der beiden übersetzer geht zurück: Geneviève de Brabant, par M. Emmich. Trad. du latin. Paris 1859. Lib. popul.

[1]) Dubois, Lacroix, Robville (Backer VII, 187) sind verfasser solcher darstellungen.

[2]) L'Histoire admirable de sainte Geneviève de Brabant, mise en cantique sur l'air: La bergère que je sers. Montbéliard. o. j vgl. Nisard a. a. o. II, 138. Der ausgabe von Cerisiers' Histoire de Geneviève 1859 ist ein »cantique de sainte Geneviève« beigegeben.

[3]) Garnier, Histoire de l'imagerie populaire et des cartes à jouer à Chartres. Chartres 1869. 78. Berquin (Arnaud?) hat eine romanze Geneviève verfasst.

[4]) Ohne grund hielt man Cerisiers für den verfasser. Le Catal. de la bibl. dramatique de Soleinne citiert unter Nr. 1432 das manuskript dieser tragödie mit dem anagramm Boucher.

[5]) Oder d'Avre? vgl. Nisard a. a. o. II, 155. Die tragödie sollte der herzogin de Roanez »procurer un petit divertissement conforme à son naturel, espuré des espèces qui peuvent s'imprimer aux lascives représentations du théâtre moderne.« Sie ist ein »burlesker« auszug aus Cerisiers und von der anonym erschienenen tragödie ganz verschieden.

ung der erzählung kann bei einem volke nicht verwundern, das in mehreren »Miracles de Nostre-Dame« den stoff der unschuldig verfolgten frau gefeiert hatte[1]). Hiedurch drang die legende noch mehr ins volk ein als durch die schrift und der beliebt gewordene stoff reizte immer wieder dichter zur behandlung in drama und melodrama und theaterdirektoren zur einrichtung von pantomimen[2]).

Wie gesagt, war Cerisiers nicht nur auf Frankreich von einfluss, sondern durch übersetzungen ward sein werklein auch andern nationen zugänglich. So nahm das niederländische volk die legende durch seine vermittlung nicht weniger eifrig auf als das französische.

Die erste niederländische übersetzung führt den titel: *De H. Nederlandsche Susanna ofte het leven van de H. Princesse Genoveva huysvrauwe van den doorluchtighsten Palatyn Sifridus. Een leven vol van godtvruchtighe onderwyzinghen, ende wonderbaere teecken van de Goddelycke voorsichticheyt nutbaer voor menschen van allen state. Ghemaeckt in de fransche spracke door den E. P. Renatus de Ceriziers ende in de Nederduytsche vertaelt door den E. P. Carolus van Houcke, beyde priesters der Societeyt Jesu. Ghedruckt tot Ypre, by Philips de Lobel, in den gulden Bybel*, 1645. Backer weist von dieser übertragung fünf ausgaben[3]) mit geringer verschiedenheit im

---

[1]) Vgl. Monmerqué et Michel, Théâtre Français au moyen âge 365; 481; 551.

[2]) Corneille Blessebois, Cécile, Levrier de Champion, Mad. de Staël, Xavier, La Chaussée verfassten dramen; César Ribić, Anicet Bourgeois et Valory (Ch. Mourier) melodramen; Offenbach eine oper; Lafitte und Franconi Jeune richteten pantomimen ein.

[3]) Vgl. a. a. o. I, 185, 406. Eine aus dem jahr 1713, zwei undatierte mit approbation von 1743 und die letzte von 1758. Der titel ist theils kürzer, theils hat er die variante: Vol van godvrugtige Leeringen om te bewyzen de wonderlyke Voorzienigheyd God, zeer nut voor alle staeten. Ferner kennt Schotel, Vaderlandsche Volksboeken Haarlem 1874. II, 237[1] einen druck dieser übersetzung: Het leven van de Heylige Nederlandsche Susanne etc. Antwerpen by Franc. Ignat. Vinck. o. j.

titel nach, durch deren vermittlung Cerisiers' *L'Innocence reconnue* im achtzehnten jahrhundert zum niederländischen volksbuche wurde.

Van den Bergh citiert [1]): *De historie van Genoveva, huisvrouw van Siegfried, Graaf van Trier. Tweede verbeterde druk. Rotterdam P. C. Hoffers* o. j. Die einsicht dieses volksbuches [2]) in 4⁰ »Mit 12 plaatjes« ergab, dass es wörtlich ins hochdeutsche übersetzt worden ist. Das deutsche volksbuch: *Genovefa. Eine der schönsten und rührendsten Geschichten des Alterthums, neuerzählt für alle guten Menschen besonders für Mütter und Kinder. München und Augsburg* 1813 weicht nur ganz unbedeutend von dem niederländischen ab.

Die einleitung des volksbuches bildet nach Cerisiers die schilderung von Genovefas jugend, doch gekürzt und so, dass schon hier wie im ganzen volksbuche das familienleben hervortritt gegen die religiöse färbung Cerisiers'; Genovefa hat keine vorahnende neigung zum einsiedlerleben; sie ist die schöne, gottesfürchtige, tugendreiche tochter, die den grafen Siegfried aus herzlicher liebe ehelicht. Und auch in dessen heimath, auf der Siegfriedsburg zwischen Rhein und Mosel [3])

---

[1]) De Nederlandsche Volksromans. Eene bijdrage tot de geschiedenis onzer letterkunde. Amsterdam 1837. 55.

[2]) Es findet sich in der k. bibliothek im Haag. Schotel, Vaderlandsche Volksboeken II, 238 f. gibt einen auszug.

[3]) Später Altensimmern bei Koblenz genannt, indem Siegmern aus Siegfriedsheim abgekürzt sei! Der ort von Siegfrieds schloss variiert in den volksbüchern sehr, da in dem original der legende er nebensächlich bestimmt ist. Hier heisst es »in pago Meynfeldensi in castro Semmer«. Hansen, Chronik d. Dioez. Trier 1828. 611 weist nach, dass dies das Mayener schloss auf dem kleinen Sümmer ist; die Laacher mönche hätten die burg auf dem Hohensümmer erfunden, die niemals da gewesen sei; sie hätten dies auch Freher mitgetheilt, von dem es das Chron. Gottwic. übernahm, und durch dessen karte kam die burg Hohen- oder Altensimmern auch auf andere landkarten. vgl. Görres a. a. o. 546 ff. — Die legende heftete späterhin sich auch an Simmern auf dem Hundsrück an, dann auch an Pfalzl (Bärsch, Eiflia illustr. III², ι, 488), Trier und andere orte.

erscheint sie als häusliche frau am spinnrocken, singend und wirthschaftend, ohne pietistischen anhauch.

Die liebeserklärung Golos, der von anfang an als übermüthiger geselle geschildert wird, erfolgt ohne die höfische verblümung durch das bild. Drako (diese umänderung aus Drogan geschah wohl durch den traum Siegfrieds von einem drachen, den Golo auf Drogan gedeutet hat[1])) kommt dadurch ins spiel, dass ihn Genovefa mit einem briefe, der Golos schändliches benehmen berichtet, an ihren gemahl schicken will. Bei der übergabe dieses schreibens trifft Golo die gräfin und den küchenmeister beisammen und sticht diesen sofort nieder; Genovefa aber setzt er gefangen.

Es folgt nun die verdächtigung von Genovefas keuschheit durch einen brief des ergrimmten Golo an den grafen, der in der ersten hitze den todesbefehl gegen seine gattin und das inzwischen geborene kind erlässt, ohne Golo selbst zu sprechen, auch ohne die vorspiegelungen einer hexe. Nach einem erneuten angriff Golos auf die gefangene wird sie den henkern übergeben und wie bei Cerisiers gerettet. Das volksbuch schliesst daran die schilderung von Genovefas aufenthalt im walde, ohne der synchronistischen manier Cerisiers' zu folgen, bis zu dem momente, wo Genovefa erkrankt.

Mit zahlreichen bibelsprüchen tröstet sich die vereinsamte pfalzgräfin und darin ebenso wie in dem übergehen alles wunderbaren verräth sich die protestantische umgestaltung der legende. Die gefügigkeit der hirschkuh wird dadurch erklärt, dass sie ihr junges durch einen wolf verloren hatte; statt des krucifixes vom himmel bindet sich Genovefa zwei reiser zu einem kreuze zusammen; durch füttern zieht

---

[1]) Oder in folge eines druckfehlers in Honckes übersetzung, wie er sich auch je einmal in der hochdeutschen übersetzung Staudachers (121 Dragones) und in Martinus' von Cochem History-Buch (I, 600 Dragonos) findet?

Schmerzenreich die scheuen waldthiere heran; ein hieb mit
einem baumast entreisst dem wolfe das geraubte schaf, dessen
fell Genovefa zur kleidung abzieht: so wird alles bei Cerisiers
wunderbare natürlich erklärt. Die betrachtung der natur
nimmt einen grossen raum ein, indem das erwachsende kind
sie staunend beobachtet. Das gleiche interesse, welches das
familienbild im hause sorgfältig ausgemalt hatte, haftet auch
hier an der schilderung von Schmerzenreichs entwicklung
mit geschick und freude. Das ende dieser waldscenen bildet
wie gesagt die kranke Genovefa, die, indem sie ihrem sohne
die leidensgeschichte Christi und dessen auferstehung im hin-
blick auf ihren nahen tod und ihre wiedererweckung erzählt
und ihm seine eigene abstammung eröffnet, vor schwäche
einschläft.

Nach diesem wirksamen abschlusse führt das volksbuch
zu Siegfried, schildert seine reue schon vor der heimkehr —
sein treuer gefährte Wolf, der beim eintreffen des verleumde-
rischen briefes gerade abwesend gewesen war, machte ihm
vorwürfe wegen seiner übereilung — erzählt, wie er Golo
auf seiner burg prassend trifft und dann im zimmer der
Genovefa ihren stickrahmen findet mit den worten im halb-
vollendeten lorbeerkranz: Dem zurückkehrenden helden Siegfried seine treue gemahlin Genovefa. Dazu empfängt er den
reinigungsbrief und setzt sofort Golo und seine gesellen gefangen.
Also auch hier ist wieder alles wunderbare ausgeschieden.
Zur zerstreuung seiner trauer wird eine jagd veranstaltet,
auf der dann die erkennung erfolgt, wie im original [1]) wieder durch den ring gestützt, so dass also auch hier die
geschichte vom fische übergangen wird. Bei der heimkehr

---

[1]) Die übrigen zahlreichen abweichungen und selbständigen um-
bildungen der französischen vorlage sind grund genug, hier keine benützung des lateinischen originals, sondern nur eine zufällige zusammen-
stimmung anzunehmen.

tritt das kind mit seinen verwunderten fragen abermals breit
herein. Die mörder Hendrik und Koenraad = Heinz und
Kunz kehren als pilgrime zurück. Die eltern Genovefas und
der bischof »Adolph« werden herbeigerufen zum grossen feste.
Genovefa, von allen leuten der umgegend aufgesucht, weiss
für jeden einzelnen eine treffende ermahnung. Golo wird
zu lebenslänglicher gefangenschaft begnadigt. Siegfried er-
baut eine einsiedelei nebst kapelle, als seine gattin gestorben
ist, jedoch bleibt derselbe in der herrschaft.

Sollte diese meisterhaft überarbeitete fassung von Cerisiers'
buch, in deren lob die Niederländer übereinstimmen [1]), nicht
die hand eines geübten schriftstellers verrathen? Darf man
dem volksgeiste diese geschickte umwandlung aller wunder
in natürliche ereignisse zutrauen? Darf man ihm diese sichere
technik zutrauen, die ganze schilderung von Genovefas aufenthalt zusammenzuziehen und geradezu dramatisch spannend
mit ihrer schweren erkrankung abzuschliessen? Und ist dieses
zurückgreifen auf die einleitung durch das herbeiholen von
Genovefas eltern nicht das zeugniss, dass eine gewandte feder
hier thätig war? Freilich, schwer dürfte es sein, diese zu
ermitteln. Sie hat die ganze legende des farbenreichen
gewandes der mystik wieder entkleidet und in den kreis ge-
müthlichen familienlebens, einfacher natürlichkeit und kind-
licher frömmigkeit zurückgeführt. Sie hat eine geschlossene
erzählung geschaffen, deren ausrundung die gestalt des
deutschen volksbuches noch übertrifft, das seine entstehung,
wie unten gezeigt wird, einem geübten volksschriftsteller verdankt.

· [1]) Schotel. Vaderlandsche Volksboeken II, 239: Alle schrijvers, die
van dit gulden boeksken gewaagden, zijn eenstemmig in zijn lof. Zij
noemen het een »onovertreffelijk tafereel met het fijnste penseel naar het
leven geschilderd,« »een juweelken,« »een schoone roos onder de schoonste
blommekens«, »een der schoonste, zoo niet het schoonste volksboek,
waardig door de beschaafdste standen gelezen te worden.«

Die merkmale der unterscheidung vom deutschen volksbuch, um sie hier vorauszunehmen, sind im hauptsächlichen
folgende: Das niederländische volksbuch behält das jugend-
leben der Genovefa in Brabant bei, das deutsche nicht. Dort
wird Dragones sofort erstochen, hier im gefängniss vergiftet.
Dort hat Siegfried den treuen berather Wolf zur seite, hier
steht er allein. Dort wird alles wunderbare getilgt, hier nur
verringert und gemildert. Dort wird Golo lebenslänglich gefangen gehalten, hier getödtet. Dort feiert Genovefa das
wiedersehen mit ihren eltern, hier nicht. Und endlich im
niederländischen volksbuch bleibt Siegfried regent, im deutschen
wird er einsiedler.

An diesen punkten, sowie an der dem niederländischen
volksbuche vorausgeschickten kurzen einleitung: die geschichte
habe sich zu der zeit ereignet, als eben das evangelium die
rauhen sitten der tapfern vorfahren gemildert habe u. s. f. erkennt man die zahlreichen hochdeutschen volksbücher, die
auf die niederdeutsche überlieferung zurückgehen. Das angeführte volksbuch aus dem jahr 1812 mag ein getreuer abdruck der ersten form sein, in der die niederländische tradition im hochdeutschen heimisch wurde, da die übersetzung
vom original fast nicht abweicht. Doch muss dieses volksbuch schon 1802 unter dem titel *Genovefabüchl* erschienen
sein, welches in Bayern 1804 konfisciert wurde, weil »es ganz
das gepräge des ärgerlichsten unsinns von aberglauben trage.« [1]
Die mir zugänglichen volksbücher sind sämmtlich jüngeren
datums. [2]   Ob diese zumeist verstümmelten und werthlosen

---

[1] So berichtet wenigstens Burgholzer a. a. o. 30 unter verweis auf
das churpfalzbair. Regybl. 1804. 12. St. s. 271. Doch ist hier das Genovefabüchl nicht genannt und auch die akten führen es nicht auf, wie eine
durch gefällige vermittlung des h. kreisarchivars dr. A. Schäffler gestellte
anfrage ergab.

[2] Genovefa, eine der schönsten und rührendsten Geschichten des
Alterthums u. s. f.. Gräz 1813. 3. aufl. — Genovefa, Eine der schönsten und

büchlein alle nur auf jene erste übersetzung zurückgehen
oder ob sie sich an ein neueres niederländisches volksbuch
anlehnen, konnte ich nicht ermitteln. Jedenfalls lebt die legende
in den Niederlanden noch fort, als volksbuch und volkslied. [1])

Die verbreitung dieser niederländischen tradition wurde
dadurch ausserordentlich gefördert, dass Christoph von Schmid
darnach die geschichte erzählte. Nicht nur dass seine Genovefa
in vielen auflagen erschien, sie wurde auch die grundlage
eines neuen volksbuches, [2]) eines schauspiels [3]) und zahlreicher
erzählungen. Ja auch ins französische wurde Schmids geschichte übertragen und gab die vorlage zu einer italienischen
operette für kinder ab. [4])

rührendsten Geschichten des Alterthums, neu erzählt für alle guten
Menschen u. s. f. München 1814. Giel (a. Greiffer u. S. in Wien.) — Genovefa-
büchlein, oder Geschichte der unschuldigen Gräfin Genovefa erzählt für
alle guten Menschen. München 1820. Lentner. — Rührende Geschichte
der unschuldig verfolgten Gräfin Genovefa, welche sieben Jahre lang mit
ihrem Kinde in der Wildniss gelebt und von Gott wunderbar erhalten
worden. Für gefühlvolle Herzen geschrieben. Altötting, Verlag der
J. Lutzenbergerschen Buchhandlung. In Amerika bei Mühlbaur und
Behrle, Chicago. — Reutlinger Volksbücher Nr. 5. Geschichte der heiligen Genovefa oder Beschützung und Rettung der Unschuld durch Gottes
Hand. Eine erbauliche und lehrreiche Geschichte fürs Volk. Reutlingen.
Verlag von Ensslin und Laiblein. — Die heilige Genovefa, oder: Rettung
der Unschuld durch den Schutz des Himmels. Eine erbauliche und lehr-
reiche Geschichte für das christliche Volk. 2. Aufl. Augsburg 1870.
George Jacquets (jetzt Schmidsche Buchhandlung. A. Manz).

¹) J. W. Wolf, Niederländische Sagen 237.
²) Genovefa, eine der schönsten und rührendsten Geschichten des
Alterthums. Neu erzählt. Augsburg 1810. 1825. 1829. Krüll in Lands-
hut. Schmidt in Leipzig. Hieher gehört wohl auch das Linz 1825 er-
schienene volksbuch gleichen titels.
³) Genovefa oder die Leiden der Unschuld. Ein Schauspiel in 2
Aufzügen. München, Lentner 1812.
⁴) Histoire de Geneviève de Brabant. Par l'auteur des »Oeufs de
Pâques«. Strassbourg et Paris. 1829. Geneviève de Brabant. Trad. de
l'allemand de Christ. Schmid. Leipsic, Reclam 1851. — Genoveffa del Brabante, racconto del canonico Crist. Schmid. Operetta adottata d'all' università
di Parigi ad uso della Gioventù. Milano, tip. e librer. Pirotta e C. 1839.

Diese niederländische fassung der legende war aber auch ohne Schmids vermittlung ins französische und spanische eingedrungen [1]) und sie ist von Deutschland aus wieder in die Niederlande zurückgekehrt. [2])

Die wechselwirkung beider länder vervollständigt sich dadurch, dass das niederländische puppenspiel von Genovefa gleichfalls in Deutschland eingang fand. Das puppenspiel liegt in holländischer sprache nicht gedruckt vor; aber es lehrt die übereinstimmung mit dem niederländischen volksbuche, dass die von Engel mitgetheilte deutsche puppenkomödie [3]) auf jener tradition beruht.

Eine dramatische fassung der legende findet sich schon frühe in den Niederlanden. Backer verzeichnet [4]): *De Heglige Genoveva ofte herstelde onnooselheyd, blyeindig treurspiel (vertoond te Gendt* 1716). *Tot Gendt by Corn. Meyer.* Es ist kaum wahrscheinlich, dass diese tragödie aus den genannten französischen trauerspielen entstand; sie entwickelte sich wohl selbständig aus Houckes übersetzung. Eben so wenig ist zu entscheiden ohne eine kenntniss des trauerspiels, ob das drama die vorlage des puppenspiels ward, oder ob sich dasselbe, wie man mit grund aus der übereinstimmung mit

---

[1]) Geneviève de Brabant. Histoire touchante du vieux temps, présentée sous une nouvelle forme, et traduite librement de l'allemand. Lille, Lefort; Paris, Adr. Leclère 1836. Vermuthlich folgen dem niederländischen volksbuch auch diese beiden übersetzungen: Geneviève de Brabant. Traduit et imité de l'allemand. Paris, Dupont 1825 und Geneviève, trad. par L. Friedel. Tours, Mame et Paris, Chamerot 1837. — Genoveva una de las mas bellas y famosas historias de los tiempos antiguos, referida con novedad para todas las personas de bien y particularmente a madres é hijos. Limoges, impr. Ardant frères; Paris, libr. Rosa, Bouret et Cⁱᵉ· 1857.

[2]) Genoveva. Eene der schoonste en aandoenelijkste geschiedenissen, uit de oudheid, op nieuw vertaald, voor alle goede menschen, bijzonder voor moeders en kinderen. Volgens de 3ᵈᵉ hoogduitsche uitgaaf met platen. Rotterdam 1823.

[3]) Puppenkomödien heft 4.

[4]) A. a. o. VII, 188.

dem volksbuche vermuthet, erst aus diesem herausbildete.
Und es besteht die dritte möglichkeit, dass es nur auf der
übertragung des niederländischen volksbuches in die hochdeutsche sprache fusst, so dass man ein puppenspiel in nieder-
deutscher sprache gar nicht annehmen muss, zumal die von
Engel publicierte gestalt eine mischung mit der deutschen
überlieferung aufweist. Immerhin folgen seine hauptzüge
der niederländischen tradition.

Die jugendgeschichte der Genovefa im elternhause ist
hier auf den einzigen punkt zusammengezogen, dass vater
und bruder der pfalzgräfin mit Siegfried zu felde ziehen.
Die verwicklung und katastrophe erfolgt wie im niederländischen volksbuche. Der Hanswurst gibt den boten Golos
an Siegfried ab. Der treue ritter Wolf tritt breiter hervor.
Aus der deutschen tradition (oder dem alten niederländischen
drama?) wird die scene Siegfrieds mit der »sibylle« in Strassburg beibehalten, deren effekt sich ein puppenspiel schwer
entgehen lassen konnte. Der Hanswurst beredet den henker,
»Vefla« am leben zu lassen. Vom waldaufenthalte Genovefas
ist mit dramatischem verständniss nur die eine scene bewahrt, in der die gräfin erkrankt. Abweichend vom
niederländischen volksbuche geht Siegfried mit Schmerzenreich wie bei Cerisiers und im deutschen volksbuche am
schlusse in die einsamkeit. Mit dem tableau: Genovefa auf
dem paradebette endet das puppenspiel. Durch die für eine
scenische darstellung gebotene kürzung hat die komödie einen
lebhaften fortgang. Der Hanswurst spielt eine grosse und
wohlgelungene rolle. Die innere einheit hat nicht darunter
gelitten, dass die komödie sich sowohl an die niederländische
als an die deutsche überlieferung anlehnt.

Die herausbildung dieser aus der Cerisiersschen novelle[1]
ist nicht weniger interessant als die des niederdeutschen

---

[1] Schon Görres, Die teutschen Volksbb. 249 erkannte diesen zu-
sammenhang.

volksbuches, zumal da sie durchsichtiger ist. Die mittelglieder der entwicklungskette hat R. Köhler zuerst aufgedeckt [1]); die folgenden auseinandersetzungen werden dieselbe genauer beleuchten.

Wohl die erste deutsche übersetzung von Cerisiers' werk war: *Genouefa, Das ist: Wunderliches Leben und denckwürdige Geschichten der H. Genouefa, Geborner Hertzogin aus Brabant, etc. Mit eingebrachten sittlichen Lehren und Ermahnungs-Predigen, ein recht Christlich und Tugendsames Leben anzustellen; Beschrieben, durch P. Michaëlem Staudacher der Societet Jesu Priester. Superiorum permissu. Erstlich gedruckt zu Dillingen. M. DC. LX.* [2])

Das überschwängliche »Ubereignus-Schreiben« ist gerichtet an die »Hochgeborne Gräfin und Frau Frau Isabella Eleonora, Gräfin zu Ötingen, auf Wallerstein« u. s. f. und datiert 1648. Die druckerlaubniss lautet vom april 1647.

In der vorrede »an den günstigen Leser« sagt Staudacher: »Mit allen Umständen, und in einem sonderen Büchlein, hat die Geschicht der hocherwehnten Hertzogin fürstellig gemacht Renatus Ceriziers in Frantzösischer, und aus ihme Ludovicus Cadamostus in Welscher Sprach. Von diesen nun langet her die Ankunfft meiner Beschreibung. Dero ich den Namen einer Ubertragung oder Dolmetschung nicht hab zueignen wöllen, in Erachtung ich mich gar nicht an die Noht-Gesetz hab angestricket, zu denen die Umsetzer der Bücher aus einer Sprach in die andere, seynd verbunden. Habe auch meine Feder in die Schrancken, welche von den ersten Verfasseren gezohen worden, nicht einzwingen lassen« u. s. f. Staudacher hat gekürzt und verlängert, auch »umgeschnitten.« Für die wahrheit der erzählung stehe Cerisiers ein.

---

[1]) Die deutschen volksbücher von der pfalzgräfin Genovefa und von der herzogin Hirlanda. Zachers Zs. V, 69.

[2]) Heyse, Bücherschatz Nr. 1660.

In der that verführt Staudacher frei mit seiner vorlage.
Im grossen ganzen ist es eine bedeutend erweiterte übersetzung zu heissen, ohne dass der stoff, ja ohne dass der
sinn des einzelnen satzes bereichert ist. Bei völlig gleichem
format und gleicher zeilenzahl auf jeder seite füllt Cerisiers'
erzählung 194 seiten, Staudachers übersetzung aber 425!
Freilich sind 112 seiten für eingeschobene »Ermahnungen«
unter eigenen titeln[1]), die man füglich predigten heissen mag,
und eine mit der Genovefalegende durchaus nicht verwandte
erzählung von einer spanischen gräfin[2]) in abrechnung zu
bringen. Und schätzt man ferner noch den raum, den die
gelegentlich eingestreuten ermunterungen, wie zur weltlichen
ehelosigkeit und ehe mit Jesus[3]), die warnungen vor glauben
auf menschentreue[4]), vor der neigung zu gesellschaften[5])
einnehmen, so stellt sich das verhältniss immerhin so, dass
Staudacher um hundert seiten mehr raum mit seiner übertragung füllt, als Cerisiers mit dem original. Er spinnt eben
die worte seiner vorlage aus; z. b.: Cerisiers 16 sagt: »Jouis-
sez à la haste des contentemens qui doivent si peu durer:
Pourquoy troublons - nous tant de delices?« Dagegen
Staudacher 31: »Eilet Genouefa, eilet liebe Fürstin, mit
vollen Mund euch anzuträncken von dem Freuden-Bach,
welcher gar schnell wird verrauschet: und gleich wie euch
hernach dürsten solle, wird euch doch so gar nicht ein
Tröpfflein übrig bleiben, davon ihr nur eines Messerrücken
breit euer ohnmächtiges Gemüth, erfrischen möchtet. Aber
warum betrübe ich das klare Wasser des guten Muths, mit
so trauriger Vorsagung?«

---

[1]) S. 97, 136, 221, 278, 416.
[2]) S. 185, 236.
[3]) S. 26.
[4]) S. 43.
[5]) S. 75.

Ein andermal gibt der übersetzer eine ausdehnung der situation, wie z. b. indem er den leichenzug der Genovefa genauer beschreibt, als dies Cerisiers gethan hatte, oder die zimmereinrichtung, in deren betrachtung Cerisiers den pfalzgrafen sich der todten gemahlin erinnern lässt, bis auf die steck- und nähnadeln schildert.

Eine dritte art von erweiterung dient zur erklärung; so setzt der deutsche Jesuite zu dem worte »horoscopus« bei: »oder aufsteigendes Haus des himmelischen Thier-Creiss«; oder er bringt eine naturgeschichte der genettkatzen, als von dem collier de la genette die rede ist.

Dagegen kürzt Staudacher auch in manchen punkten. Z. b. eine stelle, welche dem wesen nach der erstangeführten art zu erweitern genau entspricht: Cerisiers sagt 41: »Cette modestie servit de feu à un homme tout pétry de naphte: croyant donc que son discours estoit trop clair pour n'estre pas intelligible, et la retenuë de sa Maistresse trop grande pour n'estre point affetée, il continua ainsi qu'il avoit si mal commencé.« Die übertragung 85 bietet nur: »Diese unschuldige Einzogenheit der Gräfin diente dem Bösswicht Golo zu grösserer Erkühnung in seinem Frevel. Berichtet also weiter heraus, und sagt.«

Einzelnes scheint Staudacher zu banal, z. b. dass Genovefa in ermanglung eines andern tuches ihren säugling in eine serviette einhüllt. Oder er kürzt die allzu breite schilderung einer wundererscheinung. Gegen ende, wo seine übersetzung überhaupt knapper dem original folgt, tilgt er auch Golos bitten um verzeihung. Interessant ist es, wenn er einen ausfall Cerisiers' gegen die wissenschaften tilgt [1]), interessant auch der wesentlich deutsche standpunkt, den der übersetzer einnimmt. Wenn der französische Jesuite das

---

[1]) Cer. 117: connoissances qui sont préjudiciables.

deutsche klima angreift[1]), so umgeht Staudacher dies;
da wo Cerisiers die tapferkeit der Franken schildert, setzt
er » Teutsche « ein. Ja auch gegen die sprachverderber
eifert er[2]) und entschuldigt sich beim gebrauche eines fremd-
wortes[3]).

Und doch handhabt Staudacher die deutsche sprache
nicht allzu gewandt und es bedarf wohl seiner bitte, » der
gutmütige Leser werde sich darüber (über seine schreibart)
mit Unwillen nicht befremden: in Erachtung, dass nicht alle
Zungen gleich geschleiffet, noch alle Federn gleich gespitzet
mögen werden.« Das zeitwort behält er meist an der stelle
bei, die es im französischen einnimmt, und steht überhaupt
etwas unter der herrschaft des fremden idioms. Wesentliche
übersetzungsfehler dagegen sind ihm nicht vorzuwerfen[4]).

Auch die wenigen verse, die Staudacher einschiebt,
beweisen sein dichterisches oder sprachliches talent nicht[5]).

---

[1]) Cer. 16, 97.

[2]) S. 50. »Plunderwägen, welche von unsern Teutsch-Verderberen,
die der Zierden und Reichthumben ihrer Mutter-Sprach unerfahren,
Bagagi, genennet werden.«

[3]) S. 383. »Heiliget, oder wann ich ein fremdes Wort darff ge-
brauchen, canonisiret.«

[4]) Wunderlich überträgt er »adieu« stets mit »Glück zu«. Cer. 74.
Staud. 175 f.

[5]) S. 151 u. 297. Z. b. spricht er zu Genovefa über Marias erscheinung:

    O der Augen, O der Wort,
    Die dir waren Meer und Port,
    Meer, das Hertz zu Trümmren gangen,
    Port, der der Trümmer aufgefangen.
Dann bey solcher Lieb-Wort Quellen,
    War dein Stärck und deine Kunst,
Dass du nicht in Freuden-Wellen,
    Schiffbruch littest gantz umbsonst.
    Gleichwol anderseits nicht kund,
    Dein Hertz gäntzlich gehn zu Grund,
    Weil Mariae Augen-Sternen,
    Nie begunten umzukehren.

In seinen bildern ist er zumeist nicht glücklich; so spricht er von dem »Liebs-Ofen eines Vätterlichen Hertzens« u. ähnl.

Das ganze deutsche werk zerfällt in sechs und dreissig abschnitte, die von Cerisiers nicht markiert waren. Diese erhalten kleine einleitungen, den schluss bildet gerne eine kurze ermahnung. Dann fährt Staudacher mit einem: »Ich gehe weiter« u. ähnl. in der übersetzung fort. Solch persönliches eintreten liebt Staudacher überhaupt[1]); er merzt einen theil der worte der sterbenden gräfin aus, um dafür einiges selbst zu sprechen: »Verzeihet es mir, Genoucfa, dass ich euch die Red abbreche« hebt er an. So weit stellt er sich häufig dem original selbständig gegenüber, dass er eine direkte rede indirekt im auszuge mittheilt[2]), wie er sich auch um die absätze bei Cerisiers gar nicht kümmert und sich umstellungen erlaubt. Den schluss Cerisiers' ersetzt er durch eigene worte.

Vielleicht ist ein theil der abweichungen dieser übersetzung von Cerisiers' text dadurch zu erklären, dass die zweite vorlage Staudachers, Cadamostus, sie schon bot; was mir nicht erweisbar ist, da ich Cadamostus' übersetzung nicht zur hand habe. Der werth der Staudacherschen übersetzung ist sehr gering. Das volksbuch verdankt ihr eigentlich nur die verdeutschung von Benoni mit Schmerzenreich. Das moralisieren hat darin noch mehr überhand genommen, als bei Cerisiers; und der schwall von worten macht die legende noch ungeniessbarer[3]).

---

[1]) Um so mehr muss es verwundern, dass Staud. eine ansprache Cerisiers' an Golo übergeht. Cer. 49 f.

[2]) Vgl. s. 414.

[3]) Z. b. Als der wolf für Schmerzenreich ein schaffell gebracht, sagt Cer. 110: »La Sainte receut ce present; mais aprés l'avoir aigrément tancé de ce qu'il faisoit du mal à un autre pour luy faire du bien.« Staud. 289 übersetzt das und fährt fort: »Der Wolff dücket sich, und leget sich wie ein Hund nieder auf den Boden, gleichsam er die verdiente Straf ausstehen wolte.«

Viel genauer schliesst sich eine zweite übersetzung an
Cerisiers an, die nicht seine selbständige *L'Innocence reconnue*,
sondern *Les trois états de l'innocence* enthält. Der titel lautet:
*Die Unschuld In Drey unterschidlichen Ständen, mit drey weit-
läuffigen schönen Geschichten als mit lebendigen Farben ab-
gebildet, Wie sie nemlich in der Welt Von den Feinden be-
tranget, Von den Menschen erkennet, Und von GOtt gecrönet
wird. In drey Theil abgetheilet. Bey deren jedem etliche Red-
Verfassungen angefüget seynd von den Ursachen und Würckungen der Verleumbdung und mit was Mitteln man sich dar-
wider schützen könne. Alles nicht weniger annehmlich, als
nutzlich zu lesen, Sonderbar für das Hochadeliche Frauen-
zimmer. Erstlich in Frantzösischer Sprach beschriben Durch
Herrn Renatum de Ceriziers. Jetzund aber Von einem Priester
der Societät Jesu Zu mehrerem Nutzen in das Hochteutsche
übersetzet. Mit Röm. Kayserl. Majest. Gnad und Freyheit,
Und Verwilligung der Obern. Gedruckt zu Dillingen, in Verlag und Truckerey Johann Caspar Bencards Acad. Buchhandlers. Durch Johann Federle. Im Jahr, 1685 [1]). — (Druckerlaubniss vom jahre 1676.)*

Die widmung, wieder an eine gräfin von Oettingen, ist
vom verleger. Die drei einzelnen, Joanna von Arc, Genovefa und Hirlanda enthaltenden theile sind eigens paginiert.
Die vorrede zu »Genovefa, Oder die Von den Menschen erkante Unschuld« ist ebenso wie die erste »Red-Verfassung«
(oder alle zwölf?) aus Cerisiers übersetzt; diese ermahnungen
nehmen fast eben so viel Raum ein als die ganze erzählung.

---

[1]) Backer a. a. o. VII, 189 citiert: Renati de Ceriziers, die durch
Mord und Laster-zungen höchst bedrängte, von Menschen erkannte, und
von Gott gekrönte Unschuld in drey Theil abgetheilt. Dillingen 1685.
Doch wohl die gleiche schrift? — Im auktionskatalog von Franz Haydinger
Wien 1876 Nr. 1225 wird aufgeführt: Genovefa: Oder die Von den Menschen erkante Unschuld. Mit 1 Kupfer. 8. a. o. u. j. Der pergament-
band scheint eine jüngere bearbeitung des zweiten theiles dieses sammel-
werkes zu enthalten.

In zwölf abschnitte theilt sich die legende bei diesem
anonymen Jesuiten, aber ohne dass sie sich mit Staudachers
kapiteln deckten. Und doch hat der anonymus, was auch
R. Köhler hervorhob, Staudachers übersetzung benützt. Nur
lässt er sich nie von derselben verführen, die lücken zu
theilen, und selten, die zusätze aufzunehmen, noch huldigt
er den sonstigen grundsätzen Staudachers (z. b. nicht der
deutschen gesinnung). Ja er behält auch den namen
Benoni bei.

In den drei ersten absätzen, in denen allerdings Staudacher
mit den worten der vorlage sehr frei schaltet, finden sich
nur selten übereinstimmungen des anonymus mit demselben.
Doch nimmt er gerne ein epitheton ornans herüber, das
bei Cerisiers fehlt [1]). Oder er folgt ihm in der übersetzung
eines ausdrucks, den auch er nicht geradezu wiedergeben
wollte oder konnte [2]). Ein andermal lässt sich der übersetzer noch etwas weiter von Staudacher verführen; z. b.
Cerisiers' worte: »Voilà tout l'artifice dont nostre innocente
fille« u. s f. geben beide übersetzer mit der rekapitulation
wieder: »So ware dann Zucht, Tugend, und Erbares Leben,
sampt der beywohnenden angebornen Schönheit, die gantze
Kunst der unschuldigen Genouefa« u. s. f. Diese art von an-

---

[1]) Z. b. Cer: »la gloire«; Staud. u. anon: »der hellstrahlende Ruhm«.
— Cer: »de ce Lyon«; Staud. u. anon: »dieses tapfren Löwens«. —
Cer: »de ramée«; Staud. u. anon: »von lustigen Zweigen«. — Hieher
gehört auch die wiedergabe von »Sarazins« mit »Saracenische Hunde«.

[2]) Z. b. Cer. 7: »un diamant dans la houë«; Staud. 11 u. anon.
154: »einen Diamant in einem höltzernen Ring«. — Cer. 41: »de paroistre
trop fine«; Staud. 85: »damit sie aber nicht für abgeführet und arg in
einem solchen Handel gehalten würde«; anon. 186: »damit sie nit für
gar zu arg und abgeführt in disem Handel angesehen wurde«. — Cer. 40:
»j'estime assez d'avoir des yeux pour prendre son coeur«; Staud. 85 u.
anon. 185: »Ich stehe in dem Wahn, wann sich die Augen darinnen
finden, müssen sich die Gedancken mit Verwunderung darinnen verlieren.«

.lehnung des anonymus nimmt von der mitte des dritten kapitels an immer mehr zu[1]); selbst gegen den französischen text folgt er nun demselben [2]). Ja wie wenig aufmerksam der anonymus zuweilen Staudacher mit dem original vergleicht, wird schlagend aus dieser stelle ersichtlich: Cerisiers 49 hat: »L'affeterie de leurs paroles, la mollesse de leurs oeillades«. Staudacher 117 erweitert: »Die Verträulichkeit ihrer Gespräch, die Holdseeligkeit ihrer Worten, das Liebäuglein ihres Angesichts«. Und der anonymus 194 nimmt die erweiterung herüber und übergeht eine phrase des Cerisiers dabei, indem er schreibt: »Die Vertreulichkeit jhrer Gespräch, die Holdseeligkeit jhrer Worten.«

Ganz interessant ist auch die art, wie der anonymus bei der übersetzung eine wendung Staudachers ausnützt. Z. b. sagt Cerisiers 19: »La France luy estoit un friand morceau«. Staudacher 37 gibt dies also wieder: »Franckreich ware noch ein Schleckerbüssel, nach welchen seiner Begierlichkeit die Zähn in Wasser stunden«. Der anonymus 165 schreibt geläufiger: »Nach Franckreich, als einen fetten Bissen, wässerte jhm das Maul« [3]).

---

[1]) Vgl. Cer. 37: »La douleur avoit commencé cette lettre, la douleur la finit«; Staud. 74 u. anon. 183: »Dieses schriebe Genouefa, und haben die Thränen welche den Brief angefangen, denselben auch beschlossen.« Cer. 44: »(réponse) qui l'excuse auprés de sa maistresse«; Staud. 90 u. anon. 159: »(welche) bey nebens auch an statt einer Entschüttung des verübten Frevels bey der Frauen dienen möchte« u. s. f.

[2]) Vgl. Cer. 56: »Ce mal-heureux considerant que sa Maistresse avoit trop de vertu pour pecher, tâcha de couvrir son crime sous le pretexte de mariage.« Staud. 128 u. anon. 204: »Nun muste dann dieser Ehr- und Gottlose Mann, augenscheinlich erkennen, Genouefa seye viel zu Tugendhafft für sein Verlangen und dass man sie, weder durch den linden noch durch den rauhen Weg vermögen könne, in ein Verbrechen wider Gott einzuwilligen: derentwegen ersinnete er einen andern Fund, und gedachte, sein unzimliches Beginnen mit dem ehrlichen Vorgeben eines Heyraths zu beschönen.«

[3]) Vgl. Cer. 27: »Nos François massacroient tout«; Staud. 51: »Die Christen jagten alles über die schärffe ihrer Schwerter«; anon. 173: »Alles muste den Frantzosen über die Klinge springen «

Eine anzahl von stellen, die sich in Cerisiers' *L'Innocence reconnue* und bei Staudacher finden, fehlen in der übertragung des anonymus. Ein theil betrifft das liebesleben Golos und Genovefas, besonders deren verführerische schönheit [1]); ein anderer theil merzt die stellen aus, welche auf die antiken götter anspielen [2]). Es ist fraglich, ob diese rigorosen veränderungen des textes Cerisiers' durchsicht seiner schrift vor der aufnahme in das grössere werk zuzuschreiben sind oder dem übersetzer; die wahrscheinlichkeit weist auf diesen. Denn die Geneviève zweiter auflage muss selbst in den druckfehlern mit der *L'Innocence reconnue* zusammengestimmt haben: Staudacher hat noch eine ältere korrekte ausgabe, in der z. b. Cerisiers 47 »la credulité de Sifroy« bietet. Der druck der *L'Innocence reconnue* von 1675 aber weist das unsinnige »crudelité« auf, das der anonymus auch aus dem sammelwerke in seine übersetzung herübernimmt.

Die übertragung dieses ungenannten Jesuiten ist im allgemeinen brauchbarer, als die seines vorgängers, weil sie eben zuverlässiger dem texte Cerisiers' folgt. Auch ist seine sprache gelenker und weniger vom französischen idiom beeinflusst.

Auf diese übersetzung nun weist P. Martinus Cochem in seinem *History-Buch* als quelle seiner geschichte von Hirlanda hin. Und wenn er der ebenda erzählten historie von

---

[1]) An einer einzigen stelle (Cer. 183) wird ausserdem ein satz gestrichen, der von der erlaubtheit mässig genossener vergnügungen handelt. Sonst nur stellen wie Cer. 38: »Cette Dame avoit assez de beauté pour estre aymée, mais elle avoit trop d'honnesteté pour le permettre.« — Cer. 47: »puis que vostre rigueur ne permet pas à ma constance d'esperer ce que merite mon amour, ce sera m'obliger d'une faveur signalée de me faire mourir d'autre façon que lentement« u. ähnl.

[2]) Vgl. Cer. 10 und anon. 157. — Cer. 99 und anon. 248: der vergleich einer engelserscheinung mit Diana u. s. f. — Cer. 114: »beauté plus grande que de ces Nymphes, qui selon le discours des Poëtes, habitent dans les eaux«; anon. 263: »übermenschliche Schönheit«.

Genovefa die note beigibt: »Hanc Historiam desumpsi et abbreviavi ex Renato Cerizerio, cujus liber de triplici Innocentia (in quo vita B. Genovefae continetur) a Sorbona Parisiensi est approbatus«, so ist doch die vermuthung naheliegend und von R. Köhler auch erwiesen, dass jene übersetzung auch hier benützt wurde.

Der kapuzinerpater Martinus Cochemius[1]) stammte aus einer angesehenen familie in Cochem (am linken Moselufer gelegen) und hiess eigentlich Linius. Er war zuerst lector in einem kloster der rheinischen provinz, zog sich aber dann in die einsamkeit zurück und schriftstellerte. Man kennt sechs und zwanzig schriften von ihm, unter denen sein *Leben Christi* weitaus den meisten erfolg hatte. Das buch, in unzähligen auflagen verbreitet, macht den namen des »unnützen kapuziners«, wie er sich gewöhnlich unterschrieb, noch heute im volke berühmt. Aber nicht bloss durch seine schriften, auch als missionsprediger war Martinus sehr einflussreich und wurde deshalb von den bischöfen zu Trier und Mainz oft in entlegenere gegenden der diöcesen geschickt. In der grössten enthaltsamkeit soll er wie ein heiliger gelebt haben. Er starb am 10. september 1712 im kapuzinerkloster zu Waghäusel bei Bruchsal. Sein grösstes werk wohl ist folgendes: *Ausserlesenes History-Buch, Oder Aussführliche, anmüthige, und bewegliche Beschreibung Geistlicher Geschichten und Historien. Darin neben einigen alten, vil neue, in jetziger hundert-Jährigen Zeit geschehene, und mehrentheils unbekänte, denckwürdige Hundert Historien Von den wunderbarlichen Urtheilen GOTTES, Von dem hochwürdigen Sacrament dess Altars, Von der allerseeligsten Jungfrauen MARIA, Von der grossen Krafft dess heiligen Rosenkrantzes, Von Verehrung der Bild-*

---

[1]) Bibliotheca Scriptorum ordinis minorum S. Francisci Capuccinorum a F. Bernardo a Bononia. Venetiis 1747. 183. Bärsch, Eiflia illustr. III¹, u, 238.

nussen der Heiligen, Von der kräfftigen Fürbitt der Auss-
erwöhlten, Von einigen unschuldig-verfolgten Gerechten, Von
underschidlichen Exemplarisch-Gedultigen, Und von vielen sonder-
bahrer Weiss Freygebigen, Auss bewehrten Geschicht-Schreibern
gezogen, beweglich vorgetragen, und anmüthig zu lesen. Es
seynd auch zum Dienst deren, so keine Teutsche Biblen haben,
die fürnembste Biblische Historien, auss H. Schrifft genommen,
und diesem Buch einverleibt worden. Durch P. Martinum von
Cochem Capuciner Ordens. Das Erste Buch. Cum Privilegio
Sac. Caes. Majestatis, et facultate Superiorum. Getruckt zu
Dillingen, In Verlag und Truckerey Johann Caspar Bencards,
Acad. Buchhandlers. Durch Johann Federle. Im Jahr Christi, 1687.

Die widmung richtet sich an die pfalzgräfin und kur-
fürstin Elisabeth. In der vorrede, in der Martinus von Cochem
für den zweiten band (das werk besteht aus vier starken
quartanten) »lauter Tragica«, besonders »gar erschreckliche
Geschichten von dem Todt, Gericht, Fegfeuer und Höll«
verspricht, empfiehlt er allen kreisen des volkes das fleissige
lesen seines buches: »Nam Exempla plus movent quam
verba«. Und über das verhältniss zu seinen quellen sagt
der pater, er habe die geschichten aus bewährten autoren
»ohne Veränderung der Substantz treulich hieher gesetzt«.
»Weilen ich aber, fährt er fort, in allen meinen Schrifften
die Einfalt, und Klarheit, wie auch einen fliessenden stylum
und Schreibens-Manier liebe, als hab ich zu mehrmahlen die
Wort der Authoren mit Ab- und Zusetzung (doch ohne
wesentliche Veränderung) umbgewendet, und zu mehrerer
Klarheit gezogen«: ein vorsatz, dem der erfahrene mönch
völlig gerecht wurde.

»Der Sibente Titel. Von unschuldig Verfolgten« enthält als »Die Vier und Siebentzigste History« die geschichte »Von der unschuldigen betrangten H. Pfaltz-
Gräfinen Genovefa«[1]), die also der pater laut der oben an-

---
[1]) S. 597–629.

geführten note aus Cerisiers mit kürzungen herüber nahm. Doch sagt die note weiter: »De hac Sancta scripserunt plures Authores, scilicet Freherus de stemmate palatino part. 2. Broverus in Annalibus Trevirensibus et Molanus de Natalitiis Sanctorum Flandriae, etc.« Und wenn er auch diese verweise nicht als seine quellen nennt, so hat er doch sicher die historiola bei Freher benützt.

Das beweist gleich der eingang; Martinus übersetzt: »Temporibus beati Hyldolfi Archiepiscopi Treverensis... Erat autem in pallatio Treverensi nobilissimus Palatinus nomine Syffridus Christianissimus, qui sumpsit sibi uxorem de stirpe regia*filiam Ducis Brabantiae, nomine Genovefa« mit folgenden worten: »(Umb das Jahr Christi 750.) zu den Zeiten dess Trierischen Bischoffs Hildulphi, ware ein vornehmer Graf, Namens Sifridus in dem Trierischen Land, welcher sich verheurathete mit einer sehr reichen und tugendreichen Fräulein Genofeva genandt, einer Tochter dess Hertzogen auss Braband«. Er übergeht damit zugleich die ganze von Cerisiers beigefügte jugendgeschichte von Genovefa. Dass Martinus von Cochem auch nach Freher im gegensatze zu Cerisiers Golo an der jagd theil nehmen lässt, hat R. Köhler schon in dem mehrfach angezogenen aufsatze bemerkt. Und auch sonst finden sich noch kleine berührungspunkte[1]).

Der bearbeiter verfährt mit seiner vorlage überhaupt sehr frei. Eine kurze einleitung setzt seine erzählung in verbindung mit den übrigen, in einem schlusswort fleht er Genovefa um ihre fürbitte an. In der geschichte kürzt und verschiebt er nach freiem ermessen; er hebt vor allem die

---

[1]) Bei Cerisiers gibt Genovefa Golo eine ohrfeige; bei Freher und Mart. v. Cochem stösst sie ihn mit der faust von sich. In der wiederfindungsscene gehen fragen und antwort: »Bist du von Gott« u. s. f. auf Freher: »Esne Christiana« u. s. f. zurück.

synchronistische darstellung auf. Die frommen ermahnungen
übergeht er zumeist, mildert auch an den wundererschein-
ungen, von denen er aber nur éine, die der h. jungfrau, als
Genovefa ihre abgemagerte gestalt beklagt, weglässt. Auf
der andern seite flicht er manches ein, doch weniger, als
er ausschied. Z. b. Golo schickt den koch zu Genovefa ins
zimmer, um seine verdächtigung desselben bei den dienern
zu bestärken. Genovefas jammer im kerker bei empfang des
todesurtheils und ihr reinigungsbrief sind weiter ausgesponnen.
Sie bittet die mörder um ihr leben, während sie bei Cerisiers
von der welt abschied nimmt und nur früher als ihr kind
sterben zu dürfen fleht, um nicht zweimal den tod zu er-
leiden. Golos seelenzustand wird schärfer gefasst; so darin,
dass er die wahrzeichen von Genovefas tod nicht ansehen
kann und will, dass er leugnet, Genovefa zu erkennen, als
sie ihm aus der höhle entgegentritt. Das wesentliche an der
umarbeitung ist, dass der pater Cerisiers' novelle aller »rheto-
rischen zierraten und ihres gelehrten prunkes entkleidet hat« [1]).

Und doch hat sich Martinus Cochemius auch wieder
genau an die worte der ihm vorliegenden übersetzung gehalten. R. Köhler hat ein prägnantes beispiel angeführt, dem
sich viele zur seite stellen lassen [2]).

---

[1]) R. Köhler a. a. o. 72.

[2]) Z. b. hat der anonymus 208: »Fertigte derohalben einen Diener
ab, da schon zwey Monat nach Genesung der Gräfin verloffen, welcher
dem Graffen die Zeitung von allem´, was vorgegangen bringen solte.«
Bei Martinus heisst es 603: »fertigte er einen Diener ab, da schon
zwey Monat nach der Geburt der Gräfin verloffen waren, ·welcher
dem Grafen die Zeitung von allem, was fürgegangen ware, bringen
solte.» vgl. anon. 196 u. Coch. 601: »Der arme Droganes schwur« u. s. f.
— Anon. 220 u. Coch. 606: »Ach gnädige Frau« u. s. f. — Anon. 237 u. Coch.
610: »Diss war nun« u. s. f. — Anon. 238 u. Coch. 611: »Alle Schmertzen«
u. s. f. Diese stellen haben beide gleich im gegensatz zu Staudacher.
Alle drei stimmen zusammen z. b.: Staud. 133, anon. 206 u. Coch. 602:
»Die bestellte Auffwarterin« u. s. f. — Staud. 152, anon. 208 u. Coch. 603
im briefe .Golos — und öfter.

Aber der kapuzinerpater hat sicher auch Staudachers übersetzung zur hand gehabt. Dieser 174 setzt bei, was Cerisiers und der anonymus nicht haben: »Und Ach, armes Kind! Möchte dich doch deine Frau Mutter so lang auf den Armen tragen, so lang sie dich getragen hat in ihrem Leib!« Diesen ausruf Staudachers legt Martinus der Genovefa selbst in den mund 608: »Ach du mein armes Söhnlein ... O möchte ich dich nur so lang auff meinen Armben tragen, als ich dich unter meinem Hertzen getragen hab«. Ebenso ist die scene zwischen Siegfried und Schmerzenreich (diesen namen bot nur Staudacher, nicht der anonymus!) nach Staudachers übertragung erweitert herübergenommen [1]).

Diese frucht einer wie man sieht sorgfältigen und emsigen arbeit war in einer weise dem volksgeiste gemäss eingerichtet, dass sie wörtlich ohne verfassername als volksbuch erschien, gerade so wie auch Martinus' erzählungen von Hirlanda und Griseldis. Und schaut man näher zu, so hat der kapuzinerpater in manchen punkten dasselbe gefühl bei der reinigung der Cerisiersschen novelle bewährt, wie jener verfasser des niederländischen volksbuches. So z. b. das aufheben der synchronistischen technik, das tilgen einer wundererscheinung, die verlängerung von Genovefas reinigungsbrief haben beide autoren gemein. Und doch ohne von einander abhängig zu sein. Denn der Niederländer hat die einleitung Cerisiers' wenigstens in etwas bewahrt, die bei Martinus von Cochem ganz fehlt: und dieser hat wundergeschichten beibehalten, die jener ausgemerzt hat. Der Niederländer ist in vielen punkten noch realistischer verfahren, als der deutsche mönch und übertrifft diesen in dem gefühle für familienleben und natur. P. Martinus dagegen ist jenem in frömmigkeit und kraft der worte voraus. Dadurch jedoch, dass das

---

[1]) Vgl. auch Cer. 43 »miserable serviteur«; Staud. 88 u. Coch. 599 »leichtfertiger Diener«; aber anon. 188 »Ehrvergessner Tropff«.

niederländische volksbuch alle nebensächlichen umstände
übergeht, deren das deutsche die meisten aus Cerisiers bei-
behält, ist es an geschlossener darstellung und ausrundung
überlegen.

»Der text des History-Buches hat in den volksbüchern
ausser gelegentlichen entstellungen durch druckfehler und
versehen kleine sprachliche änderungen erfahren (vertausch-
ung einzelner wörter[1]) mit andern, änderungen in formen,
im geschlecht der wörter, in der rection der präpositionen,
in der wortstellung u. dergl.). Ausserdem ist für das volksbuch von der Genovefa zu erinnern, dass die anrede des
p. Martinus an die heilige Genovefa am schluss, sowie ein
satz in der einleitung weggelassen sind«.[2] Durch diesen satz
hatte Martinus von Cochem die erzählung mit seinen andern
geschichten verbunden.

Der älteste bekannte druck des volksbuches geht kaum
über die mitte des achtzehnten jahrhunderts hinauf[3]; er führt
den titel: *Eine anmuthige und lesenswürdige Historie von der
unschuldig betrangten heiligen Pfalzgräfin Genoveva, wie es ihr
in Abwesenheit ihres herzlieben Ehegemahls ergangen. Köln am
Rhein, bey Christian Everaerts.* Ein druck vom ende des vorigen
jahrhunderts hat den titel so gestaltet, wie er blieb: *Eine schöne,*

---

[1] Besonders vermeidung von fremdwörtern.

[2] R. Köhler a. a. o. 70. Auch sonst fehlen einige kurze sätze und
einige wörter, deren verlust den sinn nicht trübt. Doch vgl. Simrock I, 413
fehlt vor »Böses thun« der des parallelismus wegen unentbehrliche satz:
Coch. 614 »Die Guts thun, kommen in den Himmel«. Simr. 421 fehlt
nach: »wer sie doch sein möge« die durch die antwort erforderte frage:
Coch. 619 »und wie sie in dieses rauhe Orth kommen wäre«. Simr. 430
ist nach »er liebte sie« ausgefallen Coch. 624 »als seine auserwählteste
Gemahlin: er ehrte sie« Simr. 436 ist die geographische fixierung
von Frauenkirchen ausgelassen. vgl. ferner ausser dem von Köhler notierten
»hürde« und »hütte« Simr. 399 »gar gerne sterben« mit Coch. 607
»zwar gerne sterben«. Simr. 434 »Die Hirschkuh . . . durch dessen« mit
Coch. 626 »den Hirsch . . . durch dessen«.

[3] Zacher, Historie 4.

*anmulhige und lesens-würdige Historie, von der unschuldig-
bedrangten Heiligen Pfalz-Gräfin Genovefa, Wie es ihr in Ab-
wesenheil ihres herzlieben Ehe-Gemahls ergangen.* Gedruckt in
diesem Jahr, ein titel, durch den sich die volksbücher deutscher überlieferung [1]) von den niederländischen (*Eine der
rührendsten Geschichten* u. ähnl.) unterscheiden.

Sie sind die grundlage der von Simrock unter die
»wieder hergestellten« deutschen volksbücher aufgenommenen
fassung [2]). Auch die von Otto Marbach herausgegebene
Geschichte von der heiligen Pfalzgräfin Genoveva [3]) (leider im
titel verstümmelt) bietet den text sehr rein, ja zuweilen in
vollerem anklang an Martinus von Cochem [4]). Aehnlich ver-
hält es sich mit dem von Osterwald neu bearbeiteten texte [5]).
Eine eigene klasse bilden die in Reutlingen erschienenen
volksbücher: *Eine schöne, anmulhige und lesenswürdige Historia
von der unschuldig-bedrangten Genovefa. Wie es ihr in Abwesenheit ihres herzlichen Ehe-Gemahls ergangen. Mit Holzschnitten
geziert und neue Auflage; auch die allerhöchste Censur passirt.*

---

[1]) R. Köhler führt ein zweites etwas jüngeres gleichen titels an;
nur zuletzt: Ganz neue gedruckt. — Görres, D. teutsch. Volksbücher 246
ebenso: Cöln und Nürnberg. — Eine jüngere redaktion hat statt herzlieben: herzlichen. Ganz neu gedruckt. — Hieher gehört auch das erst
nach 1860 gedruckte büchlein: Eine schöne, anmulhige und lesenswürdige
Historia, von der unschuldig bedrängten Heiligen Pfalz-Gräfin Genovefa,
wie dieselbe von ihrem Gemahl mit vielen Thränen Abschied nimmt,
und wie es ihr nach seiner Abreise recht betrübt ergangen. Frankfurt
und Berlin, Leipziger Str. Nr. 133 bei Trowitzsch und Sohn. — 1844 und
1853 erschienen mit nennung des p. Cochemius neue editionen des volksbuches unter dem titel: Die h. Genoveva, Pfalzgräfin am Rhein, geborene
Herzogin von Brabant, oder sieben Jahre des äussersten Elendes in öder
Wildniss. Passau. — Burgholzer a. a. o. III kennt volksbücher mit dem
beisatz: ein Spiegel der Geduld aller unschuldig verfolgten Frauen.

[2]) I, 381.

[3]) Volksbücher Nr. 8. Leipz. Otto Wigand.

[4]) Doch fehlen bei Marbach mehr sätze als bei Simrock und es ist
auch mehr umgeändert in der sprache, ja einzelnes am sinne.

[5]) Alte deutsche Volksbücher. V, 57. Halle 1877.

Reutlingen bei Justus Jacob Fleischhauer [1]). Diese bieten im ganzen den text nicht viel weniger korrekt; nur in einem punkte weichen sie ab; Dragones erscheint dem Siegfried nicht als geist, sondern sein geripp wird beim pflügen auf dem felde gefunden. Dieser darstellung folgt auch G. Schwab [2]) in einer sehr freien überarbeitung der historie [3]).

Nicht nur als volksbuch war und ist die Genovefalegende vom norden [4]) bis zum süden Deutschlands stark verbreitet, sie lebte auch als volkslied, freilich kein gleich reiches leben. Wie es scheint, ist der volksgesang von der pfalzgräfin vergessen. Ein einziger druck [5]) liegt mir vor: *Eine erschröckliche Geschicht, Welche sich hat zugetragen mit einen Grafen Welcher in das Feld gezogen, und seine liebe Frau dem Hofmeister anbefohlen. Da nun der Hofmeister aber unter währender Zeit die Frau Gräfin zu aller Unzucht angereizet, da sie aber nicht seines Willens worden, schriebe er einen Brief von unterschiedlichen Lügen an den Grafen, bis endlich der Graf anbefohlen, sie aus dem Weeg zu raumen: und was der Hofmeister erschröckliches, und entsetzliches mit ihr hat angefangen, wird weiter dieses Gesang zeigen. In einer bekannten*

---

[1]) Ich hatte davon noch einen ganz genauen gleichzeitigen abdruck mit jüngeren lettern in händen. Doch hat der titel »herzliebsten« statt »herzlichen«. vgl. Die heilige Pfalzgräfin Genovefa. Eine rührende Historia. Mit schönen Figuren geziert. Neu erzählt von Ottmar F. H. Schönhuth. Reutlingen 1875. Druck und Verlag von Fleischhauer und Spohn.

[2]) Die deutschen Volksbücher für Jung und Alt wieder erzählt. 1847. I, 151.

[3]) Andere fassungen, wie sie sich in unzähligen kinderbüchern und sammelwerken finden. hier zu verzeichnen, wäre werthlos.

[4]) Müllenhoff, Sagen, Märchen und Lieder aus Schleswig-Holstein 591 hat einen arg verkümmerten auszug des volksbuches aus Plön mitgetheilt erhalten. Die namen sind vergessen. Die königin stirbt während einer zweiten abwesenheit ihres gemahls, worüber ihr alter vater sich zu tode härmt.

[5]) In Franz Haydingers bibliothek in Wien fand sich, wie der auktionskatalog vom mai 1876 Nr. 1839 ausweist, ein zweites exemplar gleichen textes, doch ein anderer druck mit angabe des ortes Wien.

Aria zu singen. Gedruckt in diesem Jahr. Die vier blätter 8⁰ gehören wohl dem anfang dieses jahrhunderts an.

In sechs und vierzig vierzeiligen strophen von rauhen knittelversen wird die geschichte nach dem deutschen volksbuche erzählt. Siegfried wird vom kaiser in den krieg gerufen. Die mörder sind soldaten und erhalten für die that hundert thaler zum spiel. Die erste strophe lautet:

Ein jedes betracht, wer gewissenhaft ist,
was ich jetzt sing die Wahrheit ist,
von einen Grafen und seiner Frau
die liebten einander überaus.

Und die drei letzten strophen sind:

Die Frau lebt nicht ein viertl Jahr,
ihr Zeit nunmehr verhanden war,
der Graf machte ein Testament
sein Sachen alls den Armen schenkt.

Begiebt sich darauf mit seinen Sohn,
in die vorige Stein Felsen nun,
so sein Frau ganzer sieben Jahr,
in harter Casteyung gewesen war.

Da seht ihr alt, und junge Leuth,
wie Gott straffet zu seiner Zeit,
die Ehrabschneidisch falsche Zung,
vielleicht muss ewig leiden drum.

Man sieht, dichterisch ist das lied werthlos, aber es ist doch ein zeichen lebendiger tradition.

Es war aber die Genovefalegende nicht allein durch die vermittlung des p. Martinus von Cochem bei den Deutschen eingebürgert worden. Gerade so wie sich in den Niederlanden eine tragödie als träger des stoffes zeigte, steht es in Deutschland [1]).

---

[1]) Hangen die tragödien unter einander zusammen ?

In Wien wird die handschrift eines »drama sacrum
latinis expressum versibus in III act.« über den Genovefastoff
aus dem siebenzehnten jahrhundert bewahrt [1]). Die Hamburger
komödianten spielten 1674, also bald nach dem erscheinen
von Staudachers übersetzung vor dem anonymus und p.
Martin, die komödie: *Genoveva Pfalzgräfin zu Trier* [2]).
Velthen lässt die »hauptaktion von der Genovefa« aufführen [3]).
In Augsburg wollten die meistersänger eine »schöne comedie
von der unschuldigen frawen Genovefa« darstellen [4]). 1694
wurde in München aufgeführt: *Die getruckte Aber nicht unter-
druckte Unschuld Mittelst Einer wahrhafften Historia in Musica-
lischer Opera vorgestellt, Durch Genovefam. o. o. u. j.* [5]).

So war die bahn, zur bühne zu gelangen, dem Genovefastoff in doppelter weise gebrochen. Im achtzehnten jahrhundert
bemächtigten sich die studierenden seiner zu schauspiel [6]) und
musikdrama [7]) und die folgezeit weist manche bedeutenden
dichter und komponisten auf, welche der legende ihre kunst
widmeten. Sie alle gehen aber nicht auf jene theatertradition
zurück, sondern sie lehnen sich an die volksüberlieferung an
und unter sich sind nicht wenige stark verkettet [8]).

---

[1] Cod. Vindob. 13221. Tabulae codd. ms. 7, 194. Den nachweis
verdanke ich h. prof. W. Scherer.

[2]) Fürstenau, Zur Geschichte der Musik und des Theaters am Hofe
zu Dresden I, 244.

[3]) Hettner. Literaturgesch. III [1], 177.

[4]) Witz, Versuch einer Geschichte der theatralischen Vorstellungen
in Augsburg. Augsbg. 1876. 14

[5]) Gottsched, Nöthiger Vorrath 262. Der zumeist komische text
dieser oper schliesst sich an Cerisiers an.

[6]) Lateinisch-deutsches Schauspiel Genovefa, Colon. 1723, zu Aachen
im Jesuitengymnasium gespielt.

[7]) Diva Genovefa, Musikdrama. Aufgeführt von den studierenden in
Prag 1729.

[8]) Ich nenne hier nur die namen; die beleuchtung der einzelnen
werke behalte ich der fortsetzung dieser schrift vor. Dramen verfassten
Plümicke, Maler Müller, Tieck, Grenzin und Schuster, Raupach, Hebbel,

Doch hier interessiert es mehr, dass noch in diesem jahrhunderte, ja in unseren tagen, in Kärnthen (um 1830 in
Liesing im Lesachthale zum letzten male[1]), aber 1876 wiederum in St. Jakob in dem gleichen thale[2])) vom volke das
spiel von Genovefa aufgeführt wurde, so gut wie die passions-
spiele. August 1856 ward zur feier einer hochzeit in der
nähe von Bozen ein dreiaktiges mysterium Genovefa von
Brabant gegeben, verfasst von Franz Herlich. Das bauern-
spiel enthält sehr viele wunder. Z. b. lebt Johannes der
täufer mit Genovefa in demselben walde und führt ihr die
hirschkuh zu; am schlusse kommt gott vater selbst, um
Genovefa zu beglückwünschen und — gemäss der gelegenheit
der aufführung — die männer zu warnen, verdächtigungen
ihrer frauen nicht zu leicht zu glauben. Golo wird von
kleinen teufeln in die hölle geführt. Die sprache des stücks
sei trefflich einfach und witzig gewesen. Nur habe der
junge verfasser alle personen zu gut sein lassen, selbst Golos
bosheit sei nicht hervorgetreten. Für Schmerzenreich figurierte
eine puppe, nicht wie im Kärnthner volksspiel ein knabe.
So berichtet Enault[3]).

Neben diesen volksaufführungen ziehen sich puppenspiele
her[4]). Schon 1777 komponierte Joseph Haydn eine operette
Genovefa für das puppentheater des fürsten Esterhazy in Eisen-
stadt[5]). Im jagdhaus bei Tabarz (Thüringen) wurde in neuer
zeit ein puppentheater Genovefa aufgeführt[6]); der inhalt

Otto Ludwig, Lamartine. Ein melodram: Juncker. Einen operntext:
Rob. Reinick. Opern: L. Huth, Schumann, Scholz. (Ouvertüren zu
Genovefa: Hüttenbrenner, Ambros.)

[1]) Weinhold, Weihnacht-Spiele und Lieder 374.
[2]) Gefällige nachforschung und mittheilung des h. prof. M. Lexer.
[3]) Moniteur 29. oktober 1856.
[4]) Scheible, Kloster V, 719 verweist auf marionettentheater, die
vor 1810 Genovefa gespielt hätten.
[5]) Neue Zs. für Musik 1875. Nr. 41.
[6]) Ein scenarium davon verdanke ich der gütigen vermittlung des
h. prof. W. Scherer.

schliesst sich enge an das deutsche (Simrocksche) volksbuch an. Der erste akt enthält des landgrafen Siegfried abschied, Golos bewerbung und zurückweisung, die verleumdung der Genovefa (Dracho küsst aus ehrfurcht ihre hand, was miss-deutet wird) und die vergiftung des mundkoches. Der zweite: Golos abreden mit der alten zauberin, welche die geschichte von Dracho und Genovefa in wachs bildet; des landgrafen zorn über das, was er im zauberspiegel sicht, den todesbefehl für Genovefa. Der dritte aufzug endlich bringt die scene zwischen den mördern und Genovefa (»mit Shakespearischer kraft!«), das traumbild Siegfrieds und dessen reue, eine scene vor der höhle im walde, dann die jagd, die auffindung und die katastrophe Golos. Schlusstableau: Genovefa auf dem paradebett. Der eindruck dieses puppenspiels, dessen text natürlich von Schikaneder sein sollte, auf die zuschauer war ausserordentlich gross. Es ist wunderlich, dass der höhepunkt der verwicklung und die auflösung in dem letzten akt zu-sammenfallen.

Ein anderes puppentheater, auf dem in den jahren 1862—66 zu Castellaun (im regierungsbezirk Koblenz, also in der nähe des lokals der legende) die Genovefa gespielt wurde, hielt sich ebenso treu an das deutsche volksbuch. Nur wird Karl Martell in König Dagobert umgeändert; die amme ist auf Genovefas seite, statt Golos helferin zu sein. Dragones erscheint Golo statt Siegfried. Kasperle spielt eine grosse rolle und spricht auch den epilog zum schlusstableau. Auch hier habe die mörderscene die höchste rührung ver-anlasst [1]).

Und jetzt noch, wo die puppentheater mehr und mehr verschwinden, hat der puppenspieler Linde in Berlin die Genovefa in seinem répertoir: eine vom spieler selbst ver-fasste und mit Berliner witzen gewürzte ummodelung des volksbuches.

---

[1]) Nach erinnerungen des h. dr. H. Zimmer.

So fand denn die legende der Genovefa von Brabant eingang in alle schichten des deutschen volkes; die volksdichtung hand in hand mit der kunstdichtung[1]) durchzog das ganze land im wettstreit; jene aber blieb siegreich über die gestaltungen der dichter[2]) und gerade das volksbuch blieb haften im herzen von jung und alt als lebendes eigenthum.

Doch wie bedeutet, durch Cerisiers' novelle ward der stoff noch weiter als nach Deutschland und Holland getragen.

La innocenzia reconocida. Escritta in lengua Francesa por el Padre Renato Cerisiers, de la Compañia de Jesus. Traducida en la Italiana. Y della en la Española por el Contador Vicente de Oiza. En Milan, por Phelip Ghisolfi 1646. Dieser titel gibt zugleich die übersetzung des Cerisiersschen buches in zwei sprachen an. Ins italienische hatte Cadamostus[3]) zuerst das büchlein übertragen. Backer citiert eine spätere ausgabe dieser übersetzung[4]).

Aus der tradition, die sich hieraus bildete, schöpfte Antonino La Fata den stoff zu seinem sicilianischen lied von 112 ottaven[5]), das beim volke zunächst in Catania, dann auch im

---

[1]) Verfasser von gedichten über Genovefa sind: Maler Müller, herzg. Emil Leopold August von Gotha (oder verfasste er ein drama?), Hallberg-Broich, J. B. Rousseau, Simrock, Weissbrodt.

[2]) H. Heine zieht das volksbuch der dichtung Tiecks weit vor. Zur Geschichte der neueren schönen Liter. 1833. II, 61.

[3]) Venetianer patriciergeschlecht De Cada Morto.

[4]) Innocenza riconosciuta, Historia descritta in lingua Francese dal P. Renato Cericieres della Comp. di Gesù, tradotto nell' Italiana da Ludovico Cadamosto. In - Torino 1667 par Gio. Sinibaldo.

[5]) Pitrè, Canti popolari Siciliani II, 278. Der herausgeber sagt 279 in der note, er habe in den Chansons populaires de la France p. 40 ff., Paris. Garnier ein Cantique de Geneviève de Brabant gelesen, »che riassume in 29 couplets, spesso colle stesse parole, le 112 ottave della nostra storia.« Der von Garnier in seiner Hist. de l'Imagerie populaire etc. à Chartres mitgetheilte volksgesang von 28 strophen hat durchaus keine wörtlichen anklänge an La Fatas fassung.

weiteren Sicilien aufnahme fand, da es besser war als die
übrigen verbreiteten, vielfach entstellten volkslieder über
Genovefa. Bei Antonino La Fata ist die vorbereitung der
katastrophe, also Sifrirus' auszug, die entwicklung zwischen
Golu und Ginueffa, der die amme Florinna als vertraute
beisteht, sehr kurz gefasst. Breit dagegen ist die scene
zwischen Genovefa, Binuni und den mordgesellen Clauriu und
Quatruni [1]), die Golo schon bei der gefangennahme der pfalzgräfin benützt hat, und der bericht dieser an Golo über die
scheinbar vollbrachte that. Dann weicht der gesang nicht
unwesentlich von der überlieferung ab. Der teufel erscheint
nemlich als hirte den barmherzigen mördern, und sein vorgeben, Genovefa gesehen zu haben, lässt diese fürchten,
auch Golo könne den sachverhalt erfahren und sie bestrafen.
Als sie aber dem satan folgen, um den mord nun wirklich
zu vollbringen, erscheint ein engel und verjagt den teufel.
Von Genovefas leben im walde erzählt der dichter wenig;
nur das wunder der hirschkuh und einer engelerscheinung
(doch ohne krucifix) wird verzeichnet. Siegfried findet inzwischen den brief seiner gattin und lässt Golo sofort gefangen setzen (also wie im niederländischen volksbuche).
Nach der jagd und wiedervereinigung und nach der hinrichtung Golos erscheint abermals der teufel als bote mit
einem briefe: Golo sei unschuldig gerichtet, Genovefa habe
den ehebruch mit dem koche wirklich begangen. Aber auch
hier wieder zerstört ein engel die ränke, worauf der tod
Genovefas, deren leichenfeier und der kirchenbau geschildert
werden und Siegfried mit Benoni in die einsiedelei geht.
Der gewandte verfasser ruft in der einleitung und am schlusse
gott und Maria an und flicht auch gleich Cerisiers in seine
erzählung die ausdrücke seiner persönlichen theilnahme an
den ereignissen ein. Die letzten verse des liedes lauten:

[1]) Claudio und Quadrone.

Chi liggiti li storii di li Santi,
Sintiti chista c'un mi riciti nenti,
Sa l'ha fattu La Fata lu 'gnuranti.

Durch diesen beinamen will sich der dichter wegen der
irrthümer verwahren, die sich etwa in seine historie eingeschlichen hätten.

Auch in die neuere kunstdichtung Italiens ist der stoff
eingedrungen. Eine italienische operette auf grundlage von
Christ. Schmids erzählung wurde schon genannt, ein melodrama von Pedrotti ist weiterhin zu verzeichnen [1]).

In spanischer sprache machte sich die legende ebenfalls
dauernd heimisch, wie eine volksthümliche romanze: *Santa
Genoveva, Princesa de Brabante* erweist [2]), deren wortlaut
sich sehr nahe mit Cerisiers berührt, besonders in den
direkten reden, was den schluss gestattet, dass die übersetzung
des Oiza, die doch das mittelglied bildet, sehr getreu gemacht war. Auch in der gestaltung des stoffes weicht der
volksgesang sehr wenig ab; doch tilgt der anonyme verfasser
die schilderung der kriegsereignisse und erlaubt sich einige
kleine verschiebungen. Die mörderscene im walde und wieder-
auffindung ist sehr kurz behandelt gegenüber den übrigen
vorgängen. Der name des »mayordomo« ist verloren, der
koch erscheint allgemeiner als diener. Im ganzen ist das lied
sehr schön und einfach und dem volke wohl angepasst; den
süsslichen, frömmelnden ton Cerisiers' hat es glücklich ab-
gestreift. — Neuerdings erschien wieder eine *Vida de Santa
Genoveva, princesa de Brabante, traducida por el señor Cerisiers.
Madrid, Barco Lopez*, 1821.

---

[1]) Genoveffa di Brabante. Mailand, Ricordi.
[2]) Duran, Romancero general II, 329 Nr. 1309 und 1310. Der
herausgeber macht II, 283 note zu Nr. 1281 darauf aufmerksam, dass
verwandte stoffe weit verbreitet seien.

Das englische büchlein: *Innocency acknowleg'd in the Life and Death of S. Genovefa Countesse Palatin of Trevers. Translated into English.* Gaunt, John van den Kerchove 1645 nahm offenbar von Cerisiers aus den weg über Holland. Dagegen ist wohl *The innocent Lady, or the illustrious Innocence, translated by Sir W. Lower, London* 1654 eine direkte übersetzung von Cerisiers' *L'Innocence reconnue.* Der titel: *Geneviève ou l'Enfant de la Providence, histoire traduite de l'anglais, avec une préface par Mlle. Julie Gouraud. Paris, impr. Remquet et Cie., libr.* Douniol 1860 würde mit unrecht auf ein nachleben der legende in England schliessen lassen, da die heldin dieser kindergeschichte nicht die geringste ähnlichkeit mit der Brabanter Genovefa hat.

Nach Grässes angabe[1]) entstand aus dem deutschen volksbuche das böhmische: *Hystorye trpělivé Hrabčnce z Brabantu gménem Genowefé. W. Olomauci.* 1767. *W. Praze* 1789. *W. Gihlawe* 1805.

Und endlich verzeichnet Lenstroem[2]) ein schwedisches volksbuch von Genovefa.

So hat in der that die legende von der pfalzgräfin Genovefa ganz Europa durchzogen und ist nun mit den deutschen auswanderern nach Amerika gekommen[3]). Ihre verbreitung zeigt ein bild von der allgewalt des Jesuitenordens. Ein Jesuite schuf die gestaltung der legende, die allein volksthümlich wurde, Jesuiten sorgten durch übersetzungen für die ausbreitung derselben. Und ist die im eingang dieser abhandlung vorgetragene hypothese richtig, ist es richtig, dass ein Laacher mönch die legende verfasst hat, so liegt

---

[1]) Literärgesch. III[2], I, 282.

[2]) I, 118. Nach Grässes Literärgesch. a. a. o. Leider gelang es mir nicht, eines der büchlein in den drei letztgenannten sprachen in die hand zu bekommen.

[3]) S. oben 57 anmerkung.

hier ein schönes beispiel von dem ansehen und vermögen
der kirche vor, mit dem sie ihren frommen fälschungen den
schein historischer wahrheit oder eines althergebrachten
kultus gab. Schaut man von den anfängen weg auf die ausläufer der legende: wieder war es ein mönch, der das deutsche
volksbuch schuf. Ein neuer beweis, dass man nicht das allein
volkslitteratur heissen darf, was das volk durch lange tradition von geschlecht zu geschlecht abschliff, bis es seine feste
form gewonnen hatte, noch allein das, was der mann aus
dem volke, dessen namen niemand beachtete, niemand wusste,
sang, sondern dass manche erzeugnisse von verfassern, die
nicht zur masse des volkes gehörten, die aber das volk kannten
und mit ihm dachten und fühlten, der volkslitteratur einverleibt sind.